顏銘俊　著

英‧語文學評論集

文字深邃處摘星

# 一起領略文學帶來的心靈饗宴

　　臺南作家作品集的出版，是對臺南文學的致敬，也是作家們熱愛臺南生活與文化的真摯表達。今年第十三輯共出版六部作品，在字裡行間，書中每個角落流淌的故事，彷彿時光隧道，帶領我們重返時光；在每一篇章，都能感受到熱情與堅韌的在地文化精神貫穿其中，臺南飽滿的文學風景和故事情節躍然紙上。

　　龔顯榮是臺南先輩作家，於 2019 年過世。他的第一本詩集《來自靈山的一朵小花》出版於 1968 年，並直到 1990 年才發表第二本著作《天窗》，成為其巔峰代表作。可惜兩書皆絕版多時，此次經高雄師範大學退休教授李若鶯積極聯繫後代和各詩刊、文學雜誌，徵得詩稿和授權，終能編成《拈花對天窗——龔顯榮詩集》專書，再現前輩作家精彩詩作，極為珍貴難得。

　　資深作家林仙龍，出身鹽分地帶將軍區，早年離鄉在外工作，在歲月淘煉後，近十餘年在故鄉蓋了一幢小農舍，頻頻返鄉居住，過著一面耕農一面書寫的生

活，完成詩、文及田園景致交融的《我在；我在鹽鄉種田》，全書既描繪出鹽鄉特有的濱海與鹽田風景，也營造出情意靈動的境界。

顏銘俊，是哲學領域的年輕學者，除了學術研究，也長期書寫文學與電影評論，新書《向文字深邃處摘星——華語文學評論集》便收錄了三十三篇評論文章，計有二十九篇新詩評論、四篇散文評論，每篇皆是紮實的細讀細評，非泛泛討論，對於喜歡新詩的讀者們，是很具有參考價值的一本書。

出身府城地區眷村的蕭文，長期爬梳水交社眷村人文歷史和人物故事，最新作品《記述府城：水交社》內容以三大部分來深入記錄在眷村的生活經驗，也書寫出外省族群集體的共同記憶。

臺語文創作者許正勳是濱海地帶七股人，他早期擔任國中英語老師及國內外臺語師資培訓班講師等，曾榮獲多屆文學獎項肯定，著有《園丁心橋》、《放妳單飛》、《鹿耳門的風》及《烏面舞者》等多本臺語詩集、散文集。新書《往事一幕一幕》是其二十年完整的心情

臺南市政府文化局　局長

紀錄，立意樸實，文字精煉，共分為地景、至親、黃昏、囝仔時、鹽鄉、人物、詠物、環保及心情、雜記等十輯，作者回顧一生的路，有甘有苦，一幕一幕，感觸良多，化為一首一首真誠的臺語詩篇。

　　年輕作家林益彰，曾榮獲不少文學獎項，並出版多本著作如《南國囝仔》、《臺北囝仔》、《石島你有封馬祖未接來電》、《金門囝仔‧神》等，作品亦常刊載於國內各報章雜誌。新書《南國夢獸》風格創新，詩句與詩意富奇幻風格，是新生代另類的書寫語言。

　　本輯六部作品，有如六場心靈饗宴，每一部作品都各有其不同的特色和精彩之處，在此邀請喜愛閱讀的朋友們，一起來領略臺南文學的多樣性面貌。

# 傳承與累積

　　臺南作家文學從古典到現代，傳承不斷，縣市合併前至今，近三十年的作家作品集，每年都有豐碩的傳承與累積，老幹新枝，各呈風華。此次《臺南作家作品集》推薦與徵選作品輯共十一冊，最後決定出版推薦作品《拈花對天窗——龔顯榮詩集》、《我在；我在鹽鄉種田》，徵選作品《向文字深邃處摘星——華語文學評論集》、《記述府城：水交社》、《往事一幕一幕》、《南國夢獸》共六冊。

　　龔顯榮《拈花對天窗——龔顯榮詩集》。作者是府城前輩詩人，其作品富含哲理，轉折微妙，詩作〈天窗〉膾炙人口，早年即有意收入其作品出版，惜未能獲得手稿，此次幸經李若鶯老師與其家人聯繫，才得以授權，彌足珍貴。

　　林仙龍《我在；我在鹽鄉種田》。作者是著作頗豐的鹽分地帶作家，成名甚早。他的兒童文學、詩、散文都有相當多的讀者，此次以返鄉後生活為書寫主題，自然景物與田園生活，天光雲影，詩文並呈，筆下鹽鄉農漁生活與事物記趣，寧靜而不喧嘩，值得品味。

　　顏銘俊《向文字深遂處摘星——華語文學評論集》。這是一本以現代詩評論為主的著作，本書逐字逐句分析詩作，專注於詩句與詩旨的推演，作品詮釋深入，文字有味，雖析論模式稍嫌固定，但作為愛詩者的導讀之作，堪稱適當。

　　蕭文《記述府城：水交社》。作者出生眷村，長期挖掘水交社眷村的人物故事與社區歷史，訪談紀錄甚多，發表過許多相關文章。水交社是臺南眷村的重要指標，本書考證蒐集許多第一手史料，記錄近代史縮影，題材深刻，值得保存。

　　許正勳臺語詩集《往事一幕一幕》。作者長期書寫臺語詩，早已卓然成家，此次透過地景與人物書寫，更為動人。尤其第三輯「黃昏」，寫夫妻恩情與妻子罹病過世後的思念，情真意切，感人肺腑。

　　林益彰《南國夢獸》。作者雖年輕，卻已得過許多文學獎，擔任「南寧文學・家」進駐的藝術家，書寫臺南三十七區，言語跳耀靈動，充滿奇思幻想，用典有趣，頗具個人創新風格。

————　本輯主編　陳昌明
　　　　（國立成功大學中國文學系名譽教授）

# 星子，還要繼續摘下去

收錄在這本集子裡的三十三篇評文，是自 2017 年伊始，我從事文學評論工作後的一點紀錄。我的學術專長是哲學，卻著意品讀、解析文學篇章，並且就這樣一年寫過一年、一篇寫過一篇，大抵會被視為不務正業。然而，我在攻讀博士學位的階段雖然轉軌哲學，想親炙哲學院系的師友們，學學他們如何問學、如何思辨，但我的學問根柢原建基在文學系，因此文學篇拾的閱讀和品鑑對我而言並不陌生，操作起來也毫無窒礙；再者，當代學術研究雖然講究求專、求精、求深，但也不必排斥求廣，因此，涉足文學評論，對我而言便不啻是一種學術研究上「求廣」的實踐。當然，真要細數從頭，那麼，促成我實際從事文學評論的動因，其實是：教學。

那是一次令我印象深刻的經驗，發生在我大學臨畢業之前。我已記不起當時是為了什麼理由特意造訪教務處，至今牢記的只是當時無意間聽到的一段質問。那是某位教授 A 質問教務處同仁說：為什麼教授 B 可以同時開設那麼多門課？他有可能同時涉獵那麼多領域

嗎？他在所開設的課程上，都曾有過研究成果的發表嗎？……當時耳聞到的內容，大抵如此。我無意求證教授 B 是否真有資格開設那麼多的課？教授 A 的義憤填膺是否有理？我也沒興趣究詰。只是從此記得：要在大專院校開設一門課程，必須自己就從事過該課程的研究，而且必須累積相關的研究成果。就是那次經驗，影響了我日後在大專院校從事教學工作時的態度和實踐，一路走來始終不變。那就是：我會盡力使自己展示給學生看的素材，都經過我深入地研究、審慎地分析，不論那些素材是文學篇章或影視作品。

於是我開始針對自己揀定的素材進行研究、評析，然後將評析的結果投遞到各種報紙、刊物。所討論的素材從華語現代詩、華語散文到臺語小說、臺語現代詩，還有各國電影——主要是那些有助於在教學現場啟發學生們議題思考的作品；進行評析時所使用的語言有時是華文、有時是臺文。於是幾年下來，便在報紙及刊物上發表了些以華文或臺文書寫的各種評論。之所以將這些文章投稿發表，是要求自己的所有討論和觀點，至少要經過專家審查，然後公開發表，從而能保證這些評論在文字陳述與思想內容上的質量、水平，而不單單只是我私人的閱讀紀錄而已。

這些評文的撰寫，都立足在一個指導原則上，那就是：不計篇幅，細讀細評。我力圖通過這樣的書寫工作，為讀者透視出每篇作品的組成肌理，清晰地展示每篇作品的外部特徵與內在意涵，勾抉一一作者們寄寓在每個書寫環節裡的各種寫作意圖、構想及創意。總的來說，就是不做泛泛的討論，務求讓讀者能通過這些評論，更加契入到每位作者獨一無二的文學心靈，更好地把握與認識到：這些作品到底好在哪裡？它們的好，究竟是以什麼樣的方式，做匠心獨運地呈現？進一步來說，這些評論所展示的我對一一作品的解讀與感受，實則也就是我在細細咀嚼每篇作品的當下，一點一點運作在我腦中的思維軌跡、一幕一幕呈顯在我內在的心靈景觀。換言之，便是在每個深入閱讀的當下，一一投放在我腦海中的「心象」。收錄在這本集子裡的這些文字，便是對這些「心象」的忠實紀錄。

　　對我而言，這些篇章所蘊藉的，屬於它們誕生者的或是表達形式上的創意、巧思，或是篇章內涵上的情感、哲理，將它們從那些或長或短、或淺明或深奧的字字句句間逐一領會並勾勒出來的當下，都像從浩瀚的文學星空中摘下璀璨的星子一樣，總能帶給我一次又一次真切又悸動的美感欣悅以及智性上的滿足。我知道，在

　　許許多多我還未曾開啟、還未及探勘的文字深邃處，必定還有數之不盡、閃閃動人的辰星，等著我去開採，等著人們去掏飲它們的星光。所以，星子還要繼續摘下去。

2023 年 6 月 25 日，寫在臺南神農街寓所

# 目次

## 卷一 ｜ 新詩評論

## 卷二 ｜ 散文評論

卷一　新詩評論

# 01　鎔古鑄新的抒情
## ——閱讀楊佳嫻：〈木瓜詩〉

木瓜詩　／楊佳嫻

像松針穿過月光的織物
聽見纖維讓開了道路
從小小的孔隙
折下小小一片你的笑
整個黃昏就打翻了牛奶一樣的
光滑起來

夏天是你的季節呢
山脈似的背鰭展開了我知道
有鼓脹的果實在行軍

我呢焦躁難安地徘徊此岸
拉扯相思樹遮掩赤裸的思維
感覺身體裡充滿鱗片
波浪向我移植骨髓
風剌剌地來了
線條洶湧，山也有海的基因

木瓜已經向你擲去了

此刻我神情鮮豔
億萬條微血管都酗了酒
等待你游牧著緘默而孤獨的螢火
向這裡徐徐而來

楊佳嫻《屏息的文明》

　　此詩題為〈木瓜詩〉，再結合其詩行中蘊藉的情感以觀，顯然是一首古典新作。〈木瓜詩〉首見於〈詩經・衛風・木瓜〉，其詩云：「投我以木瓜，報之以瓊琚。匪報也，永以為好也！」乃從男性的角度出發，寫互有情意的男女，女方贈男方木瓜，男方則回贈女方玉珮，象徵雙方定情之事。楊佳嫻寫作〈木瓜詩〉，顯然是本著《詩經》中的抒情原型，加以細膩、巧妙的現代發揮。

　　詩人之重塑古典，乃從敘述角度的扭轉開始，不再如《詩經》一般採男性觀點，而是通過詩行的連綴，展演了一位女性——「我」——對自我之愛戀心理的自白。「像松針穿過月光的織物／聽見纖維讓開了道路／

從小小的孔隙／折下小小一片你的笑」四句，作者以細密的松針穿透月光，指涉女子細膩的思念之情。在此，「松針」比喻女子正思念伊人的心；「月光的織物」則比喻女子複雜的思維整體。因而，以上四句所表達的即是：正思念著伊人的女子，從自己複雜的思維中，捕捉到了所想望之對象的笑臉。此時女子應是什麼樣的心情呢？「整個黃昏就打翻了牛奶一樣的／光滑起來」二句給出了答案。黃昏給人的印象通常偏屬晦暗，但原屬晦暗的黃昏景象，卻被打翻了的牛奶給點染得光滑了！詩人明白寫出：女子因想起愛慕的對象，心情變得歡愉、雀躍。

「夏天」一般給人熱情洋溢的感受，「夏天是你的季節呢」一句，道盡女子內心所懷抱的熱烈情感皆是因為「你」──女子愛慕的對象──而來。隨後「山脈似的背鰭展開了我知道／有鼓脹的果實在行軍」兩句，結合了「山」與「魚」兩個意象。「魚」的意象，由「背鰭」一詞托出。「山」的意象，則比喻女子心中不斷積累的、龐大的愛意；「山脈似的背鰭展開了」一句，進一步以「魚」比喻女子，示意其因愛意不斷積累，已蠢蠢欲動，像極了一尾展開了廣闊背鰭的魚兒，亟欲游向內心渴望的目的地──愛慕的對象身邊。其後「有鼓脹的果實在行軍」一句，一方面與「山脈似的背鰭展開了」一句相

呼應，一方面扣緊詩題：「木瓜詩」加以發揮。「鼓脹」
一詞，意指木瓜的果實不斷成熟中，但「木瓜的果實」
實是女子愛慕之意的象徵，從而，所謂「有鼓脹的果實
在行軍」一句，自然不是真指「木瓜的果實」在行軍，
而是描寫女子因愛意的不斷積累、膨脹而心跳不已。

　　而「我呢焦躁難安地徘徊此岸」一句，「此岸」，
自然意指著女子自己這一邊，但「此岸」正暗示出「彼
岸」，因為有「此岸」便有「彼岸」，也就是女子愛慕
的對象那一邊，那也正是是女子亟欲到達、企近的所
在。於是有了其後「拉扯相思樹遮掩赤裸的思維／感覺
身體裡充滿鱗片」兩句。其中，「鱗片」呼應了前面已
出現過的「魚」──由「背鰭」托出的──的意象。作
者不僅通過「拉扯相思樹遮掩赤裸的思維」一句，表達
了女子嬌羞卻難以掩飾的思念之情，更進一步以「感覺
身體裡充滿鱗片」的描寫，暗示了女子亟欲化身為魚，
遊向愛慕對象所在的彼岸，「波浪向我移植骨髓／風
刺刺地來了／線條洶湧，山也有海的基因」三句緊隨其
後，便是極力鋪寫著，女子內心那股亟欲表達愛意的衝
動，及推動其勇於表達的緣會。在此，「波浪」和「海」，
是同一組意象，「魚」須藉水方能行動、方能游向目的
地；「風」則是推動潮水流向的重要因素，有了正確風
向的推波助瀾，海浪中游動的「魚」兒，才能更快抵達

心中渴求的彼岸。因此,「波浪」、「風」與「海」,皆比喻著女子遇到了或處在了能鼓舞自己向愛慕對象告白的境遇中。至於「山也有海的基因」一句,「山」仍是指作者不斷積累的龐大的愛意,作者在此加上「線條洶湧」,亟言女子的愛意因不斷積累而亟欲宣洩、抒發;「海」則如上所述,比喻著告白的契機。因而「山也有海的基因」一句即表示:女子內心不斷膨脹的、衝動的愛,已有了表達的契機。於是,全詩接上了最關鍵的詩行:「木瓜已經向你擲去了」。

由於「木瓜」在此詩中,直接象徵了女子愛慕對方的心,因此,「木瓜已向你擲去了」一句,即是說明女子已經向愛慕的對象告白了。作者以「此刻我神情鮮豔／億萬條微血管都酗了酒」兩句,很形象地描繪了女子告白後羞赧的神情。「神情鮮豔」、「億萬條微血管都酗了酒」,即是女子告白後嬌羞、臉紅的樣子。最後,「等待你游牧著緘默而孤獨的螢火／向這裡徐徐而來」兩句,表達了女子在告白之後,等待著愛慕對象接受自己的愛,並走近自己。並且,在女子心中,愛慕的對象——也就是「你」——是「緘默」的,是「孤獨」的。「緘默」一般含帶著——或可以引申出——寧靜、溫和的意思,「孤獨」一般含帶著——或可以引申出——特出、鮮明的意思,黑夜中的「螢火」給人的印象便是如此,因此,「緘默而孤獨的螢火」即是對女子愛慕對象

的、隨寫式的白描。另外，由於在古典〈木瓜詩〉中，女方贈男方「木瓜」以示情，男方則回贈「瓊琚」之類的玉製飾物以示正面回音，因而，此處「螢火」的意象，又直可被理解為如「瓊琚」一般的、男子對女子情意的正面回音。

　　整體而言，全詩主旨明確，詩人的詩思十分細膩，意象的操弄也極為純熟，能以繁複、綿密的意象連綴，將勇敢追愛的女子從暗戀、思念到終於告白、等待對方回音的，那真切、熱烈之愛戀心理的發展過程，表達得既委婉又鮮明，無疑是一首鎔古鑄新的現代詩佳作。

刊登於《海星詩刊》第 24 期

# 02 愛、恨都溫柔
## ——評析黃梵〈老婆〉一詩

老婆　／黃梵

我可以談論別人，卻無法談論老婆
她的優點和缺點，就如同我的左眼和右眼——
我閉上哪一隻，都無法看清世界

她的青春，已從臉上撤入我的夢中
她高跟鞋的叩響，已停在她骨折的石膏裡
她依舊有一副玉嗓子
但時常盤旋成，孩子作業上空的雷霆

我們的煩惱，時常也像情愛一樣綿長
你見過，樹上兩片靠不攏的葉子
彼此搖頭致意嗎？只要一方出門
那兩片葉子就是我們

有時，她也動用恨
就像在廚房裡動用鹽——
一撮鹽，能讓清湯寡水變成美味
食物被鹽醃過，才能放得更長久

我可以談論別人，卻無法談論老婆
就像牙齒無法談論舌頭
一不小心，舌頭就被牙齒的恨弄傷
但舌頭的恨，像愛一樣，永遠溫柔

刊登於《聯合報・副刊》，2016 年 1 月 14 日

　　此詩題為〈老婆〉，再綜觀全詩的表情，實為詩人觀照自我婚姻並抒發自我對夫妻之愛的省思與感懷的抒情詩篇。讀之似議論、似抒情，字裡行間不失幽默之外，也隱透詩人對另一半的綿長又蘊藉的深情。

　　詩的起首即一槌定音：「我可以談論別人，卻無法談論老婆」，明確論定到「無法談論老婆」的心理事實。這是詩人心緒的自剖，自承議論老婆是困難的。接著更以自己的「左眼」和「右眼」喻老婆的「優點」與「缺點」，深知自己無論閉上哪隻眼，都無法看清世界，亟言「優點」與「缺點」都是老婆身上不可或缺的元素，它們共同構成了老婆的整體，進一步的言外之意則是──老婆的「優點」與「缺點」，也都共構著詩人的生活世界與詩人的整體生命。簡單的詩行，平易近人的取

譬，句句看似議論，卻實是以議論為抒情，既精準傳達了詩人思及老婆時的某種無可奈何，但在無可奈何中，又流露著詩人對老婆的深情與依戀。

　　第二段轉議論為記敘，以精簡的詩句例舉了老婆在生命姿態上的數端演變，結構出一幅幅今、昔對照的人生畫面，令讀者感到一種時光不絕於荏苒、而人事必然有遷易的冷靜觀照與體悟。「她的青春，已從臉上撤入我的夢中」，寫老婆從青春貌美到青春不再。此中，「青春」駐足於老婆的「臉上」，意指老婆的青春曾實實在在充溢於詩人的眼前，這自然是詩人對已逝時光的緬懷；而所謂「青春」撤退到詩人的「夢中」，「夢」即指「回憶」，說明了在詩人現前的生命中，老婆的青春貌美已然不在，唯在記憶中可覓尋蹤跡；「她高跟鞋的叩響，已停在她骨折的石膏裡」，則以不再能穿高跟鞋，暗示老婆的腿足已負有傷疾，無法恢復到年輕時期的健全狀態，點出詩人老婆的健康狀況已今不如昔；而「她依舊有一副玉嗓子／但時常盤旋成，孩子作業上空的雷霆」，則以「玉嗓」雖依舊，但發聲之所由卻早已今、昔有異，示意著在婚姻生活中，老婆的根本關懷早已從自己轉向對子、女教育的專注。而老婆在「容貌」、「健康」與「根本關懷」三事的今、昔對照，實寓含了另一層詩人未明言的深意，那就是：詩人與老婆間的情感質

地，實則也已隨著時光遷流而有所變易。屬於詩人的這份感懷，自有一份難以言喻的複雜況味在。

　　進入第三段，有別於首段的議論與第二段的記敍，詩人採取了明明白白的抒情。「我們的煩惱，時常也像情愛一樣綿長」，乃整首詩中首度明確述及夫妻之愛的詩行。箇中所謂「煩惱」，合其後的詩行以觀，實是指詩人夫、妻間的「思念」而言。「你見過，樹上兩片靠不攏的葉子／彼此搖頭致意嗎？只要一方出門／那兩片葉子就是我們」三行，構成了全詩中最形象化的一則隱喻。「一方出門」托出夫妻間的「思念」之情，因於一方出行所造成的夫、妻分離。最精彩的，是樹梢上兩片靠不攏的葉子彼此搖頭致意的意象。「兩片靠不攏的葉子」既托出在現實的婚姻生活中，夫、妻間難免有所隔閡，不可能真正融為一體的事實，但「彼此搖頭致意」的意象，又委婉、不著痕跡地述說著夫、妻間無以斬斷的深切繫念。整首詩的抒情，至此達至一處明顯的高潮。

　　接著，在收結全詩之前，詩的第四段帶來了一個抒情的轉折。「有時，她也動用恨」，承前詩較主要的、對夫妻之愛的呈示，這裡可謂進一步表明了在詩人的觀照中，夫、妻間不能不愛恨交織、愛中不能全無怨懟的

真實境況。但這看似負面的抒發僅乍現一瞬，詩人便旋即說到：「就像在廚房裡動用鹽——／一撮鹽，能讓清湯寡水變成美味／食物被鹽醃過，才能放得更長久」，此處顯然以「鹽」喻「恨」，以「清湯寡水」和「食物」喻「夫妻之愛」或「夫妻共構的婚姻生活」本身，既坦蕩又肯定地表示，夫妻間不能不有的恨或怨懟，實是夫妻之愛或婚姻生活中不能不有的調味料，夫妻之愛或婚姻生活或也能因之更加美好與長久。在此，詩人豁達地擁抱夫妻之愛與婚姻生活乃一不能不「愛恨交織」的複合體，一如詩人也直面了自己的老婆乃一「優點」與「缺點」共構的複合體一樣。可以說，詩人的整體抒情，總是在提點出「負面」的線索後，便當即轉「負面」為「正面」、融「負面」於「正面」之中，這也是此詩一個值得一書的可愛、可讀之處。

　　全詩進入最末段，「我可以談論別人，卻無法談論老婆」一句，與全詩首段的破題前、後呼應；在呼應之後立即加諸一個極為形象的譬喻：「就像牙齒無法談論舌頭」，但為什麼呢？詩人言：「一不小心，舌頭就被牙齒的恨弄傷／但舌頭的恨，像愛一樣，永遠溫柔」，此中，詩人以「牙齒」自喻、以「舌頭」喻老婆，怕「牙齒」咬傷「舌頭」即是詩人自剖著：深怕自己的議論會傷害到老婆。此一自剖，亦即是詩人對老婆的愛與體貼

的婉轉地呈示。而詩人最後言：「舌頭的恨，像愛一樣，永遠溫柔」，更是進一步表白：即便自己對老婆確有恨與怨懟，但這種恨與怨懟卻像是「愛」一樣，永遠溫柔，亟言對老婆再恨、再怨，都會溫柔以待之，如同自己對老婆的愛；或者更該說，在詩人的認知裡，這種恨與怨懟，實則也是一種「愛」，因而才會如「愛」一般，溫柔而逾恆；且進一步的，若衡諸詩人寫作此詩，雖直言夫妻之愛與婚姻生活中難免有恨與怨懟、也直言老婆於優點之外確有缺點，但從其總是轉「負面」為「正面」、融「負面」於「正面」的抒情策略來看，詩人之詩寫夫妻間的「恨」，也確實是舉重若輕、溫柔如「愛」了。

　　整體而言，此詩取譬淺近，結構的意象易感而可解，不會造成閱讀上的理解障礙；對夫妻之愛的負面觀照也不流於激憤與牢騷，不失幽默中，又能體現詩人對另一半的溫厚深情；且詩人的觀點與感受雖發於主觀、出於特殊，卻實則也是一種對世間夫妻之愛與婚姻生活之真實樣貌的有效概括，雖主觀而通於客觀、雖特殊而不失普遍，讀者讀之，必能興起一種愉悅的共鳴，在淡淡的莞爾中，對詩人所抒之情有所切近的體會。

刊登於《葡萄園詩刊》第 215 期

補述：

　　針對此首詩作，個人最初的詮評大抵如上文所示。然此篇評文於 2018 年見刊後，個人重閱文稿，卻發現箇中針對結尾「但舌頭的恨，像愛一樣，永遠溫柔」一行的詮解，應有疏誤，因而，藉著此篇評文收錄於此書的機會，一方面保留此篇評文最初見刊時的原始論述；一方面則以這則簡短的「補述」，加入個人對該詩行的、修正後的詮解如下：

　　一如上文所示，詩人是以「牙齒」自喻、以「舌頭」喻老婆，因而，「舌頭的恨」所意指的，應是詩人的老婆對詩人的恨與怨懟，這恨與怨懟，單就詩行的前、後文來看，應是來自於「牙齒的恨」，也就是詩人對其老婆的議論或怨懟，如詩行所言的：「一不小心，舌頭就被牙齒的恨弄傷」。面對詩人的議論或怨懟，詩人的老婆也相應的有所恨與怨懟，這本是自然而然的人情之常，但詩人最終以「舌頭的恨，像愛一樣，永遠溫柔」來形容老婆的恨與怨懟，正說明了在詩人的觀照與感受中，這種恨與怨懟本質上也是一種「愛」的表現，所以才會如愛一般，溫柔且逾恆。

# 03 「時間」的隱喻
## ——評析波戈拉：〈盜賊的本領〉

盜賊的本領　／波戈拉

我常幻想你摸黑走進

走進心的房間

拿走這些

拿走那些

（聲音指紋習慣諸如此類）

最後，連自己

你也沒忘記偷走：像個

記憶的慣竊

縝密、冷靜

永不厭倦

波戈拉《痛苦的首都》

　　此詩題為〈盜賊的本領〉，但詩題中的「盜賊」，只是詩人舉重若輕、以「具體」寫「抽象」的表情媒介。通過短短十句的詩行，詩人所劍指的，毋寧是一個極其龐大的題材，那就是：時間。如所周知，「時間」

之為物，莫知其終始，不見其形廓，真正是寂兮寥兮，綿綿而若存、延伸而無窮。相應的，因於「時間」之必在而抽象、似可感而難於描狀，古往今來，總能引起詩人們逞其詩想、淬其詩藝，意欲雕鏤「時間」之形貌、指點「時間」之徵象。此詩作者波戈拉，顯然也是其中之一。

當然，詩寫「時間」，不同的詩人自有不同的策略，但要之，常是總「時間」所能作用於「人」的諸種作用，進一步揀擇其中之數端或一端，以意象的連綴將之具體化、形象化，從而於讀者心中牽引起共感，共感「時間」的諸種或某種作用，然後進一步覺知到「時間」的整體存在。波戈拉也不例外，其所揀擇以讓讀者共感「時間」之存在的，是「時間」所能加諸於「人」的一種作用，那就是：遺忘。

詩的首二句「我常幻想你摸黑走進／走進心的房間」，依詩題尋思，「你」自然是指「盜賊」，但從其「摸黑走進」的竟是一間「心」的房間來看，此處所謂「盜賊」，絕非意指那些馳騁、出沒於現實世界的真正「盜賊」。而這「盜賊」所慣於盜竊的是什麼呢？詩人云其「拿走這些／拿走那些／（聲音指紋習慣諸如此類）／最後，連自己／你也沒忘記偷走」，從「拿走這些」、「拿走那些」這樣的概括式點染來看，「盜賊」所盜竊的東西看似林林總總，但詩人卻另以「括弧說明」的形

式，較具體的例舉了所謂「這些」、「那些」是包含了
「聲音」、「指紋」、「習慣」等諸如此類的事物，這
顯然是以舉例為強調，「括號」中的舉例，更緊要於詩
行正文中的「這些」和「那些」，並且，也更加暗示了
「盜賊」所盜竊的究竟是什麼。而真正的答案就緊隨其
後，詩人形容「盜賊」乃「像個記憶的慣竊」，明確指
出「盜賊」所盜竊的，實則是一個人的「記憶」。因此，
所謂「盜賊」拿走「聲音」、「指紋」、「習慣」云云，
皆指盜走一個人的有關某個人或某些人的「聲音」、「指
紋」、「習慣」等記憶而言。而所謂「最後，連自己／
你也沒忘記偷走」，正表示「盜賊」甚至能盜走人們心
中對於「盜賊」自身的感知。

　　總此以上，讀者當能意會到，詩中所謂「盜賊」與
「盜賊」的竊人記憶，皆只是詩人所運用的隱喻。顯
然，「盜賊」的竊人記憶所隱喻的，即是人在「時間」
的洪流中難以避免的、記憶的隱匿或喪失，也就是──
遺忘；而「盜賊」便隱喻了「時間」本身。讀者在咀嚼
此詩時，若能當即回溯自己無所逃於「時間」之流的實
然生存經驗，當能切實有感於：若我們與某個人或某
些人長期分離，則我們確實都會在「時間」的不斷流
逝中，漸漸忘卻某些有關某個人或某些人的「聲音」、
「指紋」、「習慣」等記憶；甚至於，即便我們不與某
個人或某些人長期分離，但我們仍可能會在「時間」的
不斷流逝中，漸漸忘卻某些有關某個人或某些人的「聲

音」、「指紋」、「習慣」等記憶，只因為，「時間」
會讓人的「聲音」、「習慣」有所變化，也會讓人的
「指紋」有所磨滅。至於，所謂「盜賊」甚至能盜走人
們心中對於「盜賊」自身的感知，則意指著在「時間」
之流中，人們不僅會忘卻有關某個人或某些人的各種記
憶，甚至會麻痺於「時間」的流逝所帶來的這種「遺
忘」，也就是：在「時間」中「遺忘」，卻無感於自己
正浸身於「時間」之流中、且正在「遺忘」。

　　通觀此詩，詩人波戈拉通過「盜賊」的竊人記憶，
引導讀者共感「時間」所帶來的「遺忘」的效用，使讀
者能據此進一步覺知到「時間」的存在。詩人的表現自
然是成功的，連綴的詩行極其精省，前後僅僅十行，每
行的字數也頗為精簡，能以一種屬於詩行外部的輕快、
靈巧的節奏，烘托詩行內部所概括營構的、那「盜賊」
竊物的既輕靈又生動的形象，使整首詩作雖寫「時間」、
雖寫「時間」所帶來的「遺忘」，卻不顯沉重、不露哀
情。這凸顯了詩人之詩寫「時間」，乃出於一種對「時
間」的冷靜觀察、一種對「時間」的豁達感受與想像，
從而織就了一首隱喻「時間」的精巧短帙，值得讀者反
覆涵詠、細細咀嚼。

刊登於《葡萄園詩刊》第 216 期

# 04　看不見，但始終存在
## ──評析葉莎〈有霧〉一詩的「母愛」書寫

　　文人為文、詩人造詩，常有向現實生活與自我之真實生命歷程取材的時候；而人之生活、生命，常與自家親人膠漆相關，更常受親情、親恩的浸沐而有以發展、茁壯。於是古往今來總不斷有文人、詩人向那口名為「親情」的靈感泉源汲取靈光，譜寫出許多引人共鳴且歷久彌新的佳作。葉莎寫作〈有霧〉一詩，也是聚焦親情有以發揮，並成就了一首基調極其冷靜，但冷靜中不失雋永、深情與反省的抒情小品。原詩如下：

她藏匿在水田和竹林
有深深的犁痕，有搖動的冷
生前的足跡勤奮但被湮滅

她將水聲當作語言
日夜清脆想讓孩子聽見

越靠近的地方越遙遠
這個清晨，她努力讓思念流出
流成薄薄的一片

孩子推窗說：有霧
然後關上

　　詩作一開始，即托出詩敘事的主人公——「她」，那麼，「她」是誰呢？從詩作第二段「她將水聲當作語言／日夜清脆想讓孩子聽見」來看，最順適的理解應該是：母親。於是讀者可以推敲到：葉莎此詩應是敘寫親情之作，而焦點即是「母愛」。詩作第一段寫到：「她藏匿在水田和竹林／有深深的犁痕，有搖動的冷／生前的足跡勤奮但被湮滅」，可見詩人之詩寫「母愛」，乃從懷想「亡母」出發，是從一個「孩子」對經已故逝的「母親」的追念開始的。從「生前的足跡勤奮但被湮滅」一句，可見「她」已亡逝，故而雖有生前足跡，但已然湮滅。看似樸實且輕描淡寫的詩句，讀來卻有深切的、令人拂之不去的悵惘與哀情。

　　詩作第一段「她藏匿在水田和竹林／有深深的犁痕，有搖動的冷」，及第二段「她將水聲當作語言／日夜清脆想讓孩子聽見」兩處應合併理解。「她」——也就是「母親」——既已亡逝，詩人又著意結構意象，描繪其藏匿於「水田」、「竹林」間，能留下「犁痕」、擾動出「水田」、「竹林」間的「冷」，又能「將水聲當作語言」，日夜不輟地揚起清脆水聲讓孩子聽見。從其

藏匿在「水田」、「竹林」間可知,「她」已亡逝而不見形影,故而「孩子」能窺見的,唯是「水田」與「竹林」,而不是「母親」。但不見形影卻又能留下「犁痕」,使「孩子」能經由「視覺」上的線索感知自己的存在;也能擾動出「水田」、「竹林」間的「冷」,使「孩子」能經由「觸覺」上的線索感知自己的存在;又能揚起日夜清脆的「水聲」,使「孩子」能經由「聽覺」上的線索感知自己的存在。於是讀者可知,詩人之著意從「視覺」、「觸覺」與「聽覺」三個維度的意象營構,鋪陳「她」──也就是「母親」──的存在感,所欲抒發的乃是這樣一種情感:母親已看不見了,但母愛始終存在。

詩行開展至此,句句看似淺近、平淡,但又句句情牽亡母,既寫「母愛」的深刻與流湧不息,也寫「孩子」真摯、深切的憶念之情。說到底,不是經已亡逝的「母親」竟能在「水田」、「竹林」間留下「犁痕」,而是「孩子」每每看到「犁痕」,便會憶念起亡逝的「母親」;也不是經已亡逝的「母親」竟能擾動出「水田」、「竹林」間的「冷」,而是當「孩子」浸沐著、感受著那份「冷」時,便會憶念起亡逝的「母親」;更不是經已亡逝的「母親」竟能日夜不輟地揚起清脆水聲,而是「孩子」不論日夜,只要聆聽到那水聲,便會憶念起亡逝的

「母親」。可以說，詩人之詩寫「母愛」，即是詩寫對母親的思念。

全詩進入第三段，縣長的情思猶自縣長，但卻明顯有所抒情的轉折。詩人云：「越靠近的地方越遙遠／這個清晨，她努力讓思念流出／流成薄薄的一片」，從「她努力讓思念流出／流成薄薄的一片」可知，詩題所謂「有霧」，「霧」乃實指「母親」的思念而言。但必須注意到，詩人還著意在「她努力讓思念流出／流成薄薄的一片」兩句之上，加諸了「越靠近的地方越遙遠」一句，這就造成一種鮮明的表情轉向，將全詩既有的、面向較單純的情思抒發，連結到另一層更深刻的反省意識上，那就是——「母親」對「孩子」的愛雖流湧不息，但「母親」的「愛」與因之而有的、對「孩子」的「思念」或各種方方面面的繫念，作為「孩子」的一方，卻未必總是能領略、受用，更別說會時時知所珍惜、知所感激，這在「孩子」尚小，或者尚未承受「母親」亡逝的失親之痛時，更常如此。所以詩的最末段，詩人僅以「孩子推窗說：有霧／然後關上」短短二句，收結全詩，使得整首詩的抒情雖戛然而止，卻反添無窮的餘韻；而此處「孩子」的「推窗」而後「關窗」，其所象徵的，實是世間所有為人子女者，在某些時候可能會對母親的愛與思念無以領會、甚至將之推卻並阻絕於外的不智與

遺憾。

　　整體而言，此詩除了能引領讀者共感到為人子女對母愛的追想與緬懷外，亦能進一步引領讀者意識到：母親的愛與思念與關懷，都是值得珍惜的。而若閱讀到此詩的讀者，恰好是那總是（或有時）無以領會母親的愛與思念、甚至將之推卻並阻絕於外的人，那麼，請傾聽此詩的弦外之音，那就是：雖然「越靠近的地方越遙遠」，但相反的，「越遙遠的地方越靠近」。如果與母愛的距離之所以相隔遙遠，是因為孩子的「推窗」而後「關窗」，那麼，化遠為近的方法其實無他，就是當即「開窗」，讓猶自在窗外流泛的、那來自於母親的如晨「霧」般緜長、輕柔的愛與思念，再一次流向自己、浸沐著自己而已。「關窗」與「開窗」，一念之間而已；也只在這一念之間，母愛可以因之遙遠、可以因之靠近。

刊登於《中國語文》第 725 期

## 05 詩話・話詩
## ──我讀張慶麟：〈輪迴〉

一

一位跟我修習過文學鑑賞課的學生，在課程結束約莫一年多後，突然捎來一封電子郵件，信裡附上一首短詩，題名〈輪迴〉：

她帶著前世今生的面具
一副冰山的骨髓
蛇的情緒，來見你

你猛然發現：在遙遠的日子前面
一封永和郵局寄出的掛號信件
幾天後，和一名跳樓輕生的女子擁抱
靈魂糾結在一起

那年，她十七歲，中途輟學
熱愛另一個不幸的家庭。她的血
隔天被一群周刊記者的筆尖
吸乾！

那一年，他在年老子女的環顧之下長眠

華麗的墓園裡，只有他的碑文
寫的最苦，至死窗臺未闔

　　這首題為〈輪迴〉的詩作，是澎湖詩人張慶麟的作品，收錄在其詩集《跨世紀失戀的鳥》裏頭。學生的意思是，這首詩的內容引起他極大的興趣，但幾經玩味卻無法確定作者真正想表達的是什麼，所以把這首詩推薦給我，希望聽聽我的解讀。學生之愛詩、愛文學，甚至創作詩、創作文學，自然未必受到哪位特定師長的引導、啟蒙，但看到曾在教學現場與自己一同涵詠於詩作、一同追索過某些詩作意涵的同學，竟有自主閱讀詩集的習慣，甚至為了一首無法確解意涵的作品，興味滿滿地捎信相詢，於我而言自然是可喜的；嘗試解讀並回應同學的諮詢，也可收教學相長之效，何樂而不為？且這首詩也確如學生所言，詩旨若隱似顯，頗耐人尋味，即使反覆咀嚼，仍不免似懂非懂，好像明確意會了些什麼，但又懷疑這種意會是否僅是自己重重誤讀的結果？但慣於領受讀詩之樂的人當會知曉：這種閱讀經驗——或者說，閱讀效果——的創造，正是屬於詩藝術的奧秘之一。

　　二

　　「詩」，以「意象」為語言，之所以如此，目的在

避開直白的敍述與抒情，創造的效果是「隱晦」；「隱晦」所以引發讀者更多的聯想與思考，豐富讀者在閱讀經驗中收穫的精神果實。自然，不同的詩作，「隱晦」的程度自有殊異，且越是「隱晦」，通過越多不同讀者的解讀，便越容易產生各種「歧解」；「歧解」越多，箇中就越存在誤讀的可能。所以「詩」的解讀不能避免「歧義性」，或者説，只能容許「歧義性」、接納「歧義性」。或者更該説：「詩」的「歧義性」，正是閱讀詩作的趣味之一。當然我們不該忘記：與這種趣味相伴隨的，是無時不刻都可能發生的「誤讀」風險。

進一步的，詩人之造詩，也可被視為這樣一種藝術活動：詩人以自己連綴的詩行為素材餵食讀者，而後——不同的讀者將之咀嚼、消化，再反芻出——不同的對詩行的「歧解」。可以説，「歧解」的產生，即是屬於詩讀者的藝術創造。當然，在僅屬於讀者自己的、內在而又私密的閱讀情境中，一一被產生的「歧解」，可以不論對錯、無關是非，即便是詩人也無從干涉。總之，詩人之造詩，即是拋磚以引玉，以自己的藝術創造，聯動起一一讀者們的藝術創造。

依我的理解，學生所推薦的這首詩，實可做為讓詩讀者理解何謂詩之「歧義性」的絕佳素材。首段三行中，「她帶著前世今生的面具」一句，暗示了作者以「輪

迴」為詩題的考量，詩行在此所指涉的主要對象——「她」，既然「前世」與「今生」擁有一張相同的臉龐，則「輪迴」的意味，便可在讀者心中有所暗示性的豁顯。其後「一副冰山的骨髓／蛇的情緒，來見你」兩句，以「冰山」及「蛇」的意象修飾「她」的骨髓與情緒，表意便甚為隱晦，令人無法明確推敲作者究竟想形容的，是「她」的一種什麼樣的心情、氣質或容貌、姿態。當然，「冰山」或許暗示「她」的氣質冷漠、又或暗示「她」的容貌冷豔；但「蛇」呢？是指涉「她」的整體生命經驗中，所曾展現或牽涉到的特異質素嗎？如：詭異？神秘？或者誘惑與犯錯？稍涉西方精神文明史的人，多半知道「蛇」在聖經神話中，是誘使亞當、夏娃吞食禁果、觸怒上帝的元兇，既是魔鬼的象徵，也是人類本質罪性的源頭。無論如何，我們顯然可以藉由「冰山」與「蛇」這兩個意象，進一步聯想出各種可能的答案，只是：無論什麼答案都無法確證。

可以肯定的是：基於現實世界中的邏輯，詩題或詩旨所聚焦的「輪迴」，只能是一種隱喻，即以詩作中最早暗示到「輪迴」詩旨的「她」為例，「她」不可能真的已逝而重生，因此，首段三行真正想表達的，應該是對「她」這個對象的懷想。換言之，「她」在現實世界中已死亡而逝去，然而，因於某種機緣或情境，「她」再次被某人想起。簡言之：「她」是被懷想的客體；而

有客體便有主體，那麼，發動懷想的主體是誰呢？也就是──懷想著、懷想到「她」的人究竟是誰呢？詩人托出了「你」這樣一個敍述的對象。但這個「你」是誰？是作者自己嗎？還是與「她」一樣，單純只是在詩作中被作者所指涉、敍述的對象呢？通觀整首詩作，作者顯然沒有提供明確的線索，幫助讀者進行明確的分辨。

進入詩作的第二段，整體而言，作者敍明了「你」驀然發現久遠之前的一封掛號信，而那封掛號信，牽涉到一名年輕女子的跳樓身亡。在「你猛然發現：在遙遠的日子前面／一封永和郵局寄出的掛號信件」兩句裡，「猛然」一語提示了「你」之注意（或發現）到那封掛號信，是在事件發生極為久遠之後的事了，讀者應可從中共感到，「你」之發現事實真相時，當下的驚詫和挫傷。那封掛號信「幾天後，和一名跳樓輕生的女子擁抱／靈魂糾結在一起」，說明掛號信的內容與信件寄出幾天後的、一名女子的跳樓輕生有關。可以推想，掛號信不可能是女子跳樓時帶在身上的，若是，信件便不可能被寄出，又怎麼會有掛號信的「掛號」之實呢？因之，詩行裡所謂掛號信與「一名跳樓輕生的女子擁抱／靈魂糾結在一起」，只是隱喻了掛號信的內容與這起自殺事件緊密相關。那麼，這名跳樓輕生的女子會是誰呢？比較可能的答案自然是詩作首段已出現的：「她」。詩作的第三段，旋即支撐了這種推敲。

　　詩作的第三段中，「她」再次出現了，且應該是作為敍明第二段中提及的、那起自殺事件的主人公被帶出的。「她十七歲，中途輟學／熱愛另一個不幸的家庭」兩句，點明「她」的輕生發生在十七歲作為一名輟學高中生的階段，「熱愛另一個不幸的家庭」暗示了「她」的輕生與「另一個家庭」有關。這頗耐人尋味。這「另一個家庭」是指「她」所愛戀的男生及他的家人嗎？還是真的只是與另一個家庭間的單純交涉，與男、女間的戀情無關？而所謂「另一個家庭」的「不幸」，究竟是指怎樣的「不幸」？僅是「另一個不幸的家庭」這樣的描述，表意同樣過於隱晦，沒有足夠的線索供讀者推敲出相關答案。最後，「她的血／隔天被一群周刊記者的筆尖吸乾！」兩句，説明了「她」的跳樓輕生，在當時引起了媒體的關注。血液被周刊記者的筆尖吸乾這樣的意象操弄，讀之令人驚愕，既隱含了作者對噬血媒體工於掘人私隱、譁眾取寵的批判，也顯示了作者運用意象的功力。

　　整首詩作最費解、也最耐人尋味的，應屬最後一段。除了「她」與「你」外，又憑空迸出了一個「他」。這「他」即是「你」嗎？又：「他」跟「你」即是作者嗎？撇開「他」和「你」是否為作者本人的疑問不談，若想將整首詩作予以較明確的、使詩作中的人物關係首尾一致的解讀的話，將「他」和「你」理解為同一個人，應

43

該是明智的做法。在此，我們至少可有以下兩種解讀：

其一，作者將同一個敍述對象稱作是「你」，是意欲區分出時序上的「久遠前」與「久遠後」，也就是：「久遠前」的同一個人，某天驀然發現了那封與「她」的輕生相關的掛號信，作者將其稱之為「你」；而「久遠後」的同一個人，帶著久遠前發現該事件的記憶和挫傷經過了多年歲月，作者將其稱之為「他」。「那一年，他在年老子女的環顧之下長眠」，暗示了「他」已迎接了死亡。「年老的子女」説明了「他」已擁有子嗣。「華麗的墓園裡，只有他的碑文／寫的最苦，至死窗臺未闔」兩句，則暗示了「他」的死亡與食髓的傷痛相關，這或許是暗示「他」自久遠前知曉了「她」的輕生後，便被噬心的傷懷所縈繞，以至於鬱鬱而終；但從「至死窗臺未闔」一句，又可以延伸出兩種不同的解讀。「窗臺未闔」説明了「窗臺」是開啟的，為何在詩末敍述「他」的死亡時，作者要援至死都開著的「窗臺」為意象加以點染呢？如果我們把開啟的「窗臺」理解為「跳樓」輕生的隱喻──「窗臺」之所以至死都是開啟的，因為打開「窗臺」、縱身一躍，才完成了跳樓輕生的行為本身──也許便能疏通作者的用心。分析至此，我們可以進一步説明「至死窗臺未闔」一句可能延伸出的兩種解讀：（一）「至死窗臺未闔」一句所表達的，是鬱鬱以終的「他」至死都介意著「她」的跳樓輕

生，因為在「他」的心裡，永遠有著那一扇「她」在跳樓時所打開的「窗臺」；（二）「至死窗臺未闔」一句，說明了「他」的死因並非是受往事所苦而鬱鬱以終，而是與「她」一樣，都是跳樓自殺。採取這樣的理解有一個好處，那就是：可以更加吻合詩題「輪迴」的暗示。如果久遠前的「她」是跳樓自殺，而「他」也在久遠後跳樓自殺，那麼，詩題「輪迴」，便意指著久遠前發生在「她」身上的自殺悲劇，久遠以後又在「他」身上重演了。而作者構作此詩，便實則是在追敘一對關係密切的男女先後自殺的悲劇；這整首詩作，便基本上是一則隱晦而慘悽的愛情故事。

其二，將「你」和「他」理解為作者，則作者所以在同一首詩作中，將自己分別稱作「你」和「他」，應是意欲區分出「實際已發生的過去中的自己」和「預計將發生的未來中的自己」二者。也就是：作者在過去發現了那封與「她」的輕生相關的掛號信，作者將當時的自己稱之為「你」；而在作者的思考中，還有個懷抱著該事件的記憶與挫傷，在多年後終於迎接死亡的自己，作者將這樣一個未來中的自己稱作是「他」。緊接著，我們同樣可以將「華麗的墓園裡，只有他的碑文／寫的最苦，至死窗臺未闔」兩句進行兩種解讀：（一）作者預見到，因為「她」的輕生而終年傷懷的自己，終將迎來鬱鬱而終的一天，因為無論經過多久，自己的心中總

45

是抹不去那扇「她」在跳樓輕生時所打開的「窗臺」；
（二）作者深知自己不可能忘卻「她」的跳樓輕生，進
一步的，或許是作者計畫著將來要追步「她」的抉擇，
也以跳樓的方式結束自己的一生；或許是作者深知自己
終將在傷痛中追步「她」的抉擇，也跳樓輕生。同樣的，
第二種理解可能更加吻合詩題「輪迴」的暗示；而如果
這種理解是正確的，那麼作者構作此詩，實則便是在追
敘一個與自己關係密切的女子的自殺悲劇，並預告了悲
劇將會在自己的身上重演。這整首詩作，便基本上是一
則隱晦而淒涼的懺情詩篇，作者即是懺情的主體。

三

　　經由這樣的解讀，我們不難窺見，學生所提問的這
首詩作，因於表意上的隱晦，每段詩行都可能引發讀者
心中不同的「歧解」；重重「歧解」相乘，使整首詩作
的詩旨可以有極為多重的理解面向。至於究竟哪一種理
解才是正確的？或者，上述的理解其實都是錯的？必欲
追索出令讀者安心的答案，也許就只能求諸作者張慶麟
了。然而，作者心中的答案，或許能代表整首詩作在初
造當下的藝術真實沒錯，但詩的讀者也或許可以這樣理
解：讀者對詩作的解讀，亦是一種藝術創造，而創造過
程中那些只屬於讀者自己的真實，是可以非關作者的。
以下謹以詩人羅智成的一首短詩結束本文，並呼應本篇
解讀的美學立場：

我秘密供奉

過去所寫的文字

以一再的重讀……


當我踱步於兩行詩之間的通道

無數空繭如龕

悼念朝生暮死的蝴蝶……


我依稀記得他們的身影

但我的詩已死

只有在別人不經意的閱讀中借屍還魂


【羅智成〈黑色鑲金（之一）〉，收錄於《黑色鑲金》詩集】

　　刊登於《更生日報 · 更生副刊》2017 年 6 月 3 日、4 日

# 06　詩寫「慢」活三昧
## ──評析陳黎〈慢郎〉一詩

慢郎　/陳黎

急驚風的我，尋找你已經半世紀了
慢郎，聽說你住在古代中國
（所以又叫慢郎中）很慢很慢
生年不滿百可以懷千歲憂的古代
你沒聽過佛洛伊德，沒用過
手機，email，或即時通
焦慮，不安，神經質，鎮靜劑
這些詞彙還沒丟進你們的搜索引擎
你不知道什麼叫天平座，什麼叫
擺盪與反擺盪，什麼叫朝九晚五
什麼叫高鐵，捷運，子彈列車
什麼叫快感，快鍋，快餐，快樂丸
你們最快，不過是用一把快刀
斬亂麻或抽之斷水（而麻照亂
水更流）或者振筆疾書快雪時晴帖
一個月雪融後到達收件者手中
急啊，你知道嗎，應該用快遞或
宅急便，或者傳簡訊。我替你著急
漫不經心，慢條斯理，慢工出細火
不是我的風格。我自然也有慢處

我傲慢，我自大，對於不仁的天地
浩瀚的宇宙，那爬到高不及 101
大樓的幽州臺，前不見古人，後
不見來者，念天地悠悠，獨愴然
淚下的陳姓詩人，絕不是我
我輕慢，對千百年來重不可移的
禮教制度國家民族機器
貞節牌坊紀念柱紀念碑
我謾罵一切我不爽不恥不屑者
而很快地，我的骨頭也重得像銅像
我不喝啤酒的啤酒肚，我很輕的
青春，很薄的一夜情，隨風遠颺
我輕薄一切單調重複僵硬迂腐者
腐儒腐刑腐臭腐舊腐爛文章
而我的牙齒毛髮器官也不免
或蛀或落或失色或失靈——
它們來得太快，慢郎，教我如何
慢一點，讓它們慢一點
讓時間，讓快樂，讓焦急的心
在這島上，在現代，在後現代
慢慢地傲慢，輕慢，怠慢
慢慢地老去，朽去，鬆去

刊登於《聯合報 · 副刊》，2009 年 6 月 29 日
收錄於《2009 臺灣詩選》

　　此詩題為「慢郎」，從詩作起首的說明可知，「慢郎」即「慢郎中」的省稱。但閱畢通篇，讀者卻當知，詩人筆下的「慢郎」，又遠不只是一般人通識中的「慢郎中」。詩的一起首，通過「急驚風的我，尋找你已經半世紀了／慢郎，聽說你住在古代中國／（所以又叫慢郎中）很慢很慢／生年不滿百可以懷千歲憂的古代」四行，詩人以「我」對「你」的內在獨語，區分出「我」與「你」、「今」與「古」、「快」與「慢」、「急驚風」與「慢郎中」等幾組意義對峙，也開啟了詩人遊走於兩造價值間的內在辯證。其中，「我」可單純被理解為是詩人自己，也可進一步被理解為是與詩人同時代的、那些擁有相同生活型態或生活步調的人們。而這相同的生活型態或步調是什麼呢？「急驚風」一語，給出了概括的提示，亦即匆忙與求快的生活型態與步調；至於「你」，自然表徵著一種與詩人暨其同時代的人們擁有相異之生活型態與步調的人們，這類人，詩人即名之為：「慢郎」。詩人直指「慢郎」住在「很慢很慢／生年不滿百可以懷千歲憂的古代」，亟言「慢郎」所概括的生活形態與步調，並不存在於現代。

　　繼而，詩人連綴了一系列的「你不知道……」，說明了不存在於現代的「你」——也就是「慢郎」，既不認識「佛洛伊德」；沒使用過「手機」、「簡訊」、「email」、「即時通」、「快遞」、「宅急便」、「快鍋」；不知道什麼叫「星座」、「朝九晚五」、「快感」、

「擺盪與反擺盪」；沒吃過「快樂丸」與「快餐」；也沒搭過「高鐵」、「捷運」與「子彈列車」。此間，「你」／「慢郎」所「不知道」的，即是「我」／「急驚風」所知道的，於是，詩人之寫「你」／「慢郎」的「不知道」，便實則是寫「我」／「急驚風」的「知道」。基於此，詩人便進一步為「我」──亦可說是整體現代人們──概括了自我的生活形態與步調，那就是：不能「漫不經心」、不能「慢條斯理」、不能「慢工出細火」。因為「漫不經心」、「慢條斯理」與「慢工出細火」，正是屬於「你」、屬於「慢郎」們的生活形態與步調。揭櫫此點，正展示了詩人寫作此詩的用心所在，也就是：檢討詩人自己，甚至是整體現代人們凡事求「快」的、那無以安然「慢活」的生活形態與步調。

　　「你」／「慢郎」自然即是詩人筆下「慢活」之生活型態與步調的表徵。詩人敷寫「你」／「慢郎」之「慢」，主要乃以「你們最快，不過是用一把快刀／斬亂麻或抽之斷水（而麻照亂／水更流）或者振筆疾書快雪時晴帖／一個月雪融後到達收件者手中」四行為之。「你」／「慢郎」自然也可手操「快刀」以「斬麻」、「斷水」，但為何結果卻是「麻照亂」？「水更流」？這適足以說明：「刀」雖名「快」，卻實則是「慢」，以至於既斬不了麻也斷不了水。於是，名之為「快」乃更加反襯其「慢」。詩人顯然是虛寫其「快」、實指其「慢」；同樣的，縱然「你」／「慢郎」也可「振筆疾

書快雪時晴帖」，詩人特地揀擇「快」、「疾」兩個字眼以修飾文句，卻立刻強調「一個月雪融後到達收件者手中」，也就是：無論「你」／「慢郎」寫得多「疾」、無論怎麼將書帖名之以「快」，「收件者」終究得「慢」待一個月方能收件。這不同樣是襯「慢」以「快」的、虛寫其「快」而實指其「慢」的寫作手法嗎？

進入詩的下半，屬於詩人的內在辯證迎來一處重要的轉折：「我自然也有慢處」，詩人並開始自剖到自己的兩大「慢」處，那就是「傲慢」與「輕慢」。所謂「傲慢」，從詩行「我傲慢，我自大，對於不仁的天地／浩瀚的宇宙」可見，詩人的議論所指，實則是一般人在面對浩瀚無垠的事物時，慣常的、或者說易於生發的一種窮獨的、自卑的心理，從詩人提及撰寫〈登幽州臺歌〉的陳子昂即可推敲。詩人之自白到自己不會是在悠悠天地之前、縣縣時光之間愴然涕下的陳子昂，不是真的自覺到自己「傲慢」、「自大」，而是以一種帶有自我針砭意味的自省式陳述，向讀者剖白到自己豁達的與自信的胸襟。因而，此處所謂「傲慢」，實意指一種寬闊、自信的胸懷；至於「輕慢」，詩人云：「我輕慢，對千百年來重不可移的／禮教制度國家民族機器／貞節牌坊紀念柱紀念碑」，又云：「我謾罵一切我不爽不恥不屑者」、「我輕薄一切單調重複僵硬迂腐者／腐儒腐刑腐臭腐舊腐爛文章」，可見詩人所自承的「輕慢」，實則是自我在面對一切腐舊價值與腐朽事物時，所展現的

一種勇於懷疑、勇於抨擊、甚至是勇於摒棄的，願意擁抱新價值、新事物，願意進行思維之新陳代謝的開放心理。因之，詩人之自剖自己的兩大「慢」處，雖句句看似檢討，確實則是一種期許，期許這兩大「慢」處，能在自我的生活中永續維持。可以說，「傲慢」與「輕慢」二語在意義色彩上雖原屬負面，但在詩人精心營構的語境裡，卻轉而煥發著正面的色彩。

　　細心的讀者也應注意到：有別於「傲慢」與「輕慢」兩個由詩人匠心獨出的「慢」之二義，那一般人較易理解的、最吻合於「慢活」之「慢」的原初意義的「慢」，也就是詩人所謂「漫不經心」、「慢條斯理」、「慢工出細火」的那種與「時間」流速之緩慢相牽繫的、屬於生活步調上的「慢」，詩人也賦予它一個乍看之下具有負面色彩的詞彙：怠慢。但也正如「傲慢」與「輕慢」的情況一樣，「怠慢」一詞在詩人營構的語境下，其意義色彩亦已轉「負面」為「正面」，不再指涉一種對當行、當為之事的怠惰，而是一種從容度日、徐緩應世的生活態度；甚至進一步的，從「很快地，我的骨頭也重得像銅像／我不喝啤酒的啤酒肚，我很輕的／青春，很薄的一夜情，隨風遠颺」這樣的惋嘆，以及詩的最後「我的牙齒毛髮器官也不免／或蛀或落或失色或失靈──／它們來得太快，慢郎，教我如何／慢一點，讓它們慢一點」這樣的內在呼喊與求索，我們也可窺見，詩人所謂「怠慢」之「慢」，實也寄寓了希求韶光逝去的速度與

53

自我之形軀、生命的老化速度，得以踩踩剎車、有效放緩的願想，縱然這願想是不可能實現的。

　　全詩以期許收尾，詩人以「……慢郎，教我如何／慢一點，讓它們慢一點／讓時間，讓快樂，讓焦急的心／在這島上，在現代，在後現代／慢慢地傲慢，輕慢，怠慢／慢慢地老去，朽去，鬆去」六句，總結「慢」之三義，祈禱著生活在這塊島嶼、生活在現代社會的人們，能夠以「傲慢」、「輕慢」、「怠慢」的態度去面對生活、從事生活，以此取代包含詩人在內的「我」置身在現代社會中，慣慣被求「快」的心理所綁架、所宰制的生活型態與步調。此中，「讓時間，讓快樂，讓焦急的心」一句中所謂的「時間」、「快樂」和「焦急的心」，雖非三者皆著有「快」字，但在此詩的語境裡，卻實實在在都是與現代人們求「快」的心理相繫聯的概念，且也正與全詩上半那些被詩人所揀取以敷飾現代人之生活型態與步調的概念是相呼應的。如：此處所謂「時間」、所謂「焦急的心」，正相應於全詩上半所提及的「手機」、「簡訊」、「email」、「即時通」、「快遞」、「宅急便」、「快鍋」、「高鐵」、「捷運」與「子彈列車」等概念，因為這些概念所代表的物事，皆是現代人追求快速與便利之生活的產物，與現代人希求縮短一件物事或一樣動作之完成「時間」的、「焦急」的心理有關；同樣的，此處所謂「快樂」，也正與全詩上半所謂「快感」、「快樂丸」是相呼應的，它們聯袂

凸顯了現代人即便在追求「快樂」這件事上，也無法擺脫求「快」之心理的糾纏與宰制。也正因為如此，「讓時間，讓快樂，讓焦急的心」一句，才能順理成章地被詩人接連上「慢慢地傲慢，輕慢，怠慢／慢慢地老去，朽去，鬆去」兩句，並收結全詩。

　　總的說來，此詩詩旨明確，整體的致思與議論，直面現代人生活的某種隱憂或者說——通病，那就是凡事求「快」的生活型態與步調，以及由此引致的或易於焦慮、或難免神經質的現代人的心理樣貌，從而進一步期許著現代人，能回頭向古人看齊，願意重新履踐「慢活」、感受「慢活」。最重要的是，詩人賦「慢活」以三義，以「傲慢」言豁達生活、自信生活的胸襟；以「輕慢」言勇於除舊布新，無時不刻皆能開展新生活、接納新事物的勇敢的、也是開放的心胸；更且由始至終都以「怠慢」言開展生活、建構生活的徐緩步調和從容之心。可以說，全詩的核心詩思機警、敏銳又別出心裁，能發人所未發；從形式上來看，也是舉譬繁複、詩質飽滿，是一首值得反覆咀嚼的哲理詩佳作。

刊登於《葡萄園詩刊》第 218 期

# 07 用「愛」料理
## ——評析須文蔚〈料理〉一詩

料理 ／須文蔚

在刀光裡討生活，母親的江湖
從來就不在煙雨迷茫的江南

從來不上峨眉、武當、少林
堅信那兒的齋飯營養不夠
堅持日日與刀俎激戰
以內力震碎里肌肉的筋脈
屠龍刀將黃牛馴服成絲線
再偷偷加入祖傳配方，治療
一家人的空乏、上火、失戀與高血壓

母親總是一個人練功，撈起
鮮魚一如打起水面悠游的落花
以治大國的雍容不輕易翻動魚身
再用乾坤大挪移把山產、雞蛋、新鮮蔬果
收納在牢靠的記憶體中，江湖規矩
先進先出，絕不食言

當爐火爆香蒜片，青菜正要下鍋時
母親拿起空的鹽罐子叫著：
「鹽啊！鹽啊！誰幫我去買鹽！」
空房間模仿著她的聲音學語：
「鹽啊！鹽啊！誰幫我去買鹽！」

母親只好偷偷滴下了眼淚
以孤單為晚餐調味

收錄於《2010 臺灣詩選》

　　自古及今，母親的形象或母愛對子女生命的流潤，總頻繁地出現於各類文藝創作中。可以說，「母親」或「母愛」不僅對人而言皆為肇造生命的起源與滋養生命的甘霖，更是一口取之不盡、用之不竭的靈感泉源，可供詩人文人據以起興、援以成文。須文蔚的〈料理〉一詩，顯然也受益於這口靈感的泉源，織就出一首詩寫「母親」及「母愛」的佳作。

　　詩作的首兩行云：「在刀光裡討生活，母親的江湖／從來就不在煙雨迷茫的江南」，詩人採用暗示性筆法，破題了「母親」之為「母親」，其生活中最重要的

日常。其中，「刀光」一語雖極平凡，卻實是關鍵詞，詩人以之順理成章地托出其後的「江湖」與「江南」煙雨，確立了以「江湖」喻「廚房」、以「江湖高手」喻「料理高手」的寫作策略，並暗示了「母親」最重要的日常乃是：在廚房中烹煮料理。

進入第二段，「從來不上峨眉、武當、少林」一句，既延伸了首段伊始便以「刀光」點染而出的「江湖」意象，也延續了整首詩作的詼諧基調；「堅信那兒的齋飯營養不夠」一句，更巧妙托出了詩人一家並非素食主義的飲食立場；「以內力震碎里肌肉的筋脈／屠龍刀將黃牛馴服成絲線」兩句，不僅加強說明了這種葷食慣習，更概括且形象化了詩人的「母親」總在廚房中與一干食材奮戰不懈的辛勤畫幅。文字淺近，卻極富在讀者腦海中勾勒畫面的感染力；最後「再偷偷加入祖傳配方，治療／一家人的空乏、上火、失戀與高血壓」兩行，則旁敲側擊了「母親」對家人的「愛」。詩人在此顯然是虛寫「母親」對烹煮料理的種種講究，實寫「母親」對家人的種種關愛。治療「空乏」象徵「母親」對家人的口腹之慾的關愛；治療「上火」象徵「母親」對家人的情緒的關愛；治療「失戀」象徵「母親」對家人的感情之事的關愛；治療「高血壓」則象徵了「母親」對家人的健康的關愛。

　　第三段繼續刻畫「母親」料理食材的畫面，但表情的基調悄悄有所轉折。在「母親總是一個人練功」一句裡，「總是一個人」預示了整首詩作收結時的情緒。其後，先以對「魚」料理的熟練處置，不著痕跡地稱許了「母親」的廚藝高竿。「……撈起／鮮魚一如打起水面悠游的落花／以治大國的雍容不輕易翻動魚身」的工筆描繪，堪稱點睛之筆。以打起水面漂浮的「落花」形容撈起「鮮魚」的俐落，呼應了「母親」乃江湖高手的意象設置；以「治大國」形容翻動熱鍋上的「鮮魚」，則展現了詩人翻轉用典的機趣，因為在《老子》裡頭，「治大國若烹小鮮」的設喻，原是以翻動熱鍋上的「鮮魚」來形容「治大國」應有的智慧，而詩人卻在輕描淡寫間反其道而行，巧思與才情畢現無遺；最後，「母親」值得稱許的又何止廚藝呢？還有管理冰箱裡食材的智慧。「再用乾坤大挪移把山產、雞蛋、新鮮蔬果／收納在牢靠的記憶體中，江湖規矩／先進先出，絕不食言」三行，以「牢靠的記憶體」一語，綰合了「冰箱」與「母親」的記憶二者，因為正是這二者的巧妙結合，「母親」方能秉持「先進先出」的原則，妥善管理每日的食材。詩人更以「江湖規矩」、「絕不食言」二語，盛讚了「母親」在這件事上的擇善固執與從未出錯。

　　進入第四段，全詩於第三段便埋設的表情轉折由隱

趨顯。「母親拿起空的鹽罐子叫著：／『鹽啊！鹽啊！誰幫我去買鹽！』」兩行，明確點出「母親」孤身在廚房中烹調料理的孤單。「空房間模仿著她的聲音學語：／『鹽啊！鹽啊！誰幫我去買鹽！』」兩行，雖僅是極尋常的「轉化」修辭運用，卻將「母親」的孤寂之情代言得既形象又深刻，很能叩擊讀者的心靈，引起共鳴；從詩的最末段：「母親只好偷偷滴下了眼淚／以孤單為晚餐調味」兩行，更可見詩人對「母親」的此種心緒實則也有所見、有所感，箇中雖未明示，但詩人的憐惜之情卻隱透於字裡行間，使得整首詩作雖基本上貫穿了一種趣味的基調，最終卻以一種較落寞、甚至略顯傷情的色彩收結。

整體而言，此詩詩旨明確，意象鮮明、活潑卻用語淺近，全詩無有任何晦澀難解之處。詩人之匠心，正表現在其以「江湖高手」喻「料理高手」的書寫策略的貫徹上，使得「母親」在廚房中為家人孤軍奮戰的形象，既躍然眼前又饒富趣味；但在趣味之中，又能令讀者照見到「母親」對家人的關愛，共感到「母親」可能承受的寂寥與孤單，是一首趣味中見真情、平易卻富於感染力的精緻小品。

刊登《葡萄園詩刊》第 219 期

# 08　善變的「回憶」
## ──評析甘子建〈致回憶〉一詩

致回憶　/甘子建

各式各樣的回憶
總是喜歡趁我們不注意的時候
悄悄改變抽屜與音樂的形狀

他們或許現在
正打開了某人
腦海裡的書櫃
一本神祕小說
連同無法解釋的情節
就這樣被藏進了永遠

他們或許也會讓
同樣的旅途上
出現不同的臉孔
並且悄悄更換著
初吻的對象
每一次野餐的笑聲
相片裡的人物

每一次哀傷的問候

等到他們
將所有的一切
連同我們睡眠與夢境的色澤
都弄亂了後
又悄悄在某一天
恢復原狀
像一個重新整理過的
空房間
等待來自遠方的朋友
以漫長的時間
在心中
細細擺設

刊登於《笠詩刊》251 期，2006 年 2 月

「回憶」也者，常是文人詩人聯章結句必有的素材。可以說，無論是傾向於直抒胸臆的「散文」，或傾向於隱晦抒懷的「詩」，所書所寫者，都不外乎是文人詩人針對某些特定時空中之人、事、物的回憶，但這類作品

的加工對象，常是在作者的「回憶」中，曾經親見、親聞、親自感受，甚或親自思想過的某些人、事、物；但亦有另一種針對「回憶」的書寫，其所加工的素材卻不是作者「回憶」中的某些特定人、事、物，而是「回憶」的整體，亦即：作為某種確然存在之事象的「回憶」本身。甘子建的〈致回憶〉一詩，便是如此。

全詩分成四段，首段即開宗明義點出「各式各樣的回憶／總是喜歡趁我們不注意的時候／悄悄改變抽屜與音樂的形狀」，詩人以極精煉的三句詩行，既為全詩破題，也確立了全詩抒懷的重心——「回憶」的變形特質。詩人明確以「回憶」喜歡趁人們不注意時悄悄改變「抽屜」與「音樂」的形狀，擬狀「回憶」的善變、必變，以及人們容易被其混淆而不自知的真實情態。此中，以「我們」一語指涉「回憶」的主體，頗能將詩人自身與所有擁有「回憶」的人們同位，更容易牽引讀者的共感；而「回憶」的變形與出錯，在任何時候都可能悄然發生，並且讓「回憶」的主體渾不自覺，詩人便以「總是喜歡趁我們不注意的時候／悄悄改變」來概括這種實相；至於「抽屜」與「音樂」二者，除了能聯結「回憶」之為物以外，亦能表徵「潛意識」的空間或「意識之流」，意象的揀用堪稱精當。

　　第二、三段皆是針對「回憶」之變形特質的詩性例示。第二段所例示的，是「回憶」的一種變形形式：遺忘。詩人云：「他們或許現在／正打開了某人／腦海裡的書櫃／一本神祕小說／連同無法解釋的情節／就這樣被藏進了永遠」，「他們」指涉各式各樣的「回憶」，以與包含詩人在內的、所有「回憶」的主體對舉；以「回憶」──即「他們」──打開腦海裡的書櫃並將一本神祕小說連同其情節藏進永遠，表徵「回憶」中某一人、事、物的被遺忘、被封存。詩人在此靈活運用了擬人的手法，彷彿將「回憶」具形為善於竊人記憶的小偷，或喜於惡作劇的頑童，將原自存在於「回憶」裡的某一人、事、物，就此竊走並藏起。竊走與藏起，隱喻的則是「遺忘」。

　　第三段所例示的，則是「回憶」的另一種變形形式：錯位。詩人以「回憶」會讓「同樣的旅途上／出現不同的臉孔」、「悄悄更換著／初吻的對象／每一次野餐的笑聲／相片裡的人物／每一次哀傷的問候」，表徵這種在人類的「回憶」活動裡慣常出現的「錯位」現象。無論在一次次的「回憶」裡，改變的是「旅伴」、「初吻對象」、「野餐裡的笑聲」、或「相片人物裡的每一次哀傷的問候」，詩人所欲演示的，終究是各種「回憶」裡的原初人、事、物的錯位，與因之而有的記憶混淆。

值得一提的是，無論是第二段裡對「回憶」之「遺忘」變形的例示，或第三段裡對「回憶」之「錯位」變形的例示，詩人的整體抒懷皆未見一絲負面的情緒，反而為詩行添染一種極細微且平淡的豁達色彩。

　　最後一段進入抒懷的總結，這種豁達的情緒得到了延續。詩人云：「等到他們／將所有的一切／連同我們睡眠與夢境的色澤／都弄亂了後／又悄悄在某一天／恢復原狀」，直指「回憶」雖慣於變形，但卻終有在某一個時間點驀然回復、霎時重整的時候。詩人在此雖未明言，但已隱隱向讀者傳達了一種訊息，那便是：對於任何「回憶」的遺忘或錯位，皆不必過於介懷，因為遺忘或錯位，都只會是一時的。遺忘的，終將記起；錯位的，也終將歸位。全詩至此，迎來一番意在言外的詩寫意境。最後，詩人將這番體悟加以延伸，並總結全詩：「像一個重新整理過的／空房間／等待來自遠方的朋友／以漫長的時間／在心中／細細擺設」，此中，「空房間」指涉著已歷經變形而又重新歸整、復初的正確的「回憶」，所謂等待「朋友」以漫長的時間在心中細細擺設，則傳達了詩人的兩層預示：其一是預示著那經已歸整、復初的正確的「回憶」，終究又會在時光的不絕荏苒下，再次經歷各種如「遺忘」或「錯位」的變形。所謂「朋友」在「空房間」中進行「擺設」，即是隱喻

著已然歸整、復初的正確的「回憶」，箇中的記憶元素又會再次被挪動、被增加，甚至被刪減；其二則是預示著，經已歸整、復初的「回憶」的整體，又會在時光的不絕荏苒下，繼續收納著來自主體之生命經驗所源源不絕添入的、各種新的「回憶」的元素，使得「回憶」的整體繼續自我增殖、自我苗長──然，增殖與苗長，也不啻是一種變形。

通觀全詩，詩人以二十九句詩行詩寫「回憶」，其詩寫有著明確的策略，那便是：以「回憶」的變形特質概括「回憶」的本身。始乎首段，終乎結尾，全詩所寫，莫不聚焦在「回憶」的變動，不只是「前後呼應」而已，更是「一以貫之」、「徹始徹終」的。詩人對「回憶」之為物的體會暨其作為一事象之特徵的理解，是精準的，而且也是具有普遍性的，讀者讀之，應能極切近地貼合於自我對「回憶」的感受與體驗，是一首平易且親切可讀的抒懷佳作。

刊登於《葡萄園詩刊》第 220 期

# 09　詩中有畫
## ──評析辛金順〈晨旅〉一詩

晨旅　　／辛金順

凌晨六點六分，灰色的霧駐留
鐵軌前端，天空
很近，在嘉義
伸手
就可以摘下一枚即將降落的星

世界安靜的在此蹲下，有風
梳洗，一街流動的背影
然後與街燈
熄滅為一朵遠去的雲

此刻，一些情緒陪我去旅行
跨向月臺，把這城市的天氣
讓自強號載走

一隻燕子已穿過曦光
啄去
一個個小站的名字
像沙粒，排成過去

成為數位相機裡凝定的夢境
而我繼續前進，在那裡
也在這裡
追逐永遠看不見的自己

刊登於《聯合報‧副刊》，2010 年 8 月 2 日

收錄於《2010 臺灣詩選》

　　熟悉中國詩歌史的人，咸知盛唐詩人王維能詩擅畫，以創作山水詩名聞詩壇、光照詩史。蘇東坡更盛讚其「詩中有畫，畫中有詩」，成為千古知名的詩評雋語。依筆者所見，辛金順的〈晨旅〉一詩，亦深具「詩中有畫」的藝術美質，能使讀者於吟詠、品讀之際，油然勾勒線條於腦海，隨著詩行的導引譜色胸臆、作畫心間。

　　詩的起首提示時間。晨六時，顯然是整幅畫卷的開頭。「凌晨六點六分，灰色的霧駐留」，昭告著灰濛濛的晨霧，正是畫面的背景。其後「鐵軌前端／天空／很近，在嘉義／伸手／就可以摘下一枚即將降落的星」數行，則指出地點。順文義尋思，應在嘉義地區的火車站。詩人未明言，卻扣合了詩題：「晨旅」中的「旅」字，托出此詩的抒情，是一段即將啟程的行旅前，詩人於車

站裡候車時的聞見與感思。「天空很近」、「伸手／就可以摘下一枚即將降落的星」的描繪，畫面栩然，天幕的靠近與星辰的降落，顯示詩人的神思澄澈空明，與當下的晨間氛圍，及視域前方的空曠畫面，融為一體。要之，首段的詩行，既畫景，亦畫人；人，即是詩人自己。

　　畫卷繼續舒展。詩的第二段起首，延續上一段人、景一體的情緒，「世界安靜的在此蹲下」一語，盡顯詩人的才情。一方面，繼續點染著周遭靜謐的氛圍，「世界」的「蹲下」即是堪稱工筆的意象運用；一方面，則仍舊有著宇宙（即：世界）與詩人為一的辯證。其後「有風／梳洗，一街流動的背影／然後與街燈／熄滅為一朵遠去的雲」數行，以「風」行的拂動為基調，綰合了街道上觸目可及的移動的人流，及隨著天色漸白而漸次熄滅的街燈，勾勒出一段彷似慢動作鏡頭的畫面：街道上，有風拂過；且風，推動著人流，亦吹滅了一盞一盞的街燈……。在此，詩人的筆觸是細膩的，也是微觀的。其中，「與街燈／熄滅為一朵遠去的雲」的描繪，尤為引人入勝之筆，既寫風的吹拂與街燈的熄滅，又帶出視線更遠處的一朵行雲，以「孤雲」的意象，順理成章地又連結到詩人自身，為畫卷裡增飾了一襲「旅人」、「行者」的身姿。於是畫卷繼續，「旅人」啟程了。

　　詩的第三段，「此刻，一些情緒陪我去旅行／跨向

月臺，把這城市的天氣／讓自強號載走」三行，即是描繪詩人邁步起行，乘上列車開始了行旅。詩人乘車遠行，心的行囊裡所裝載的，自有「情緒」，然那些情緒卻與即將遠離的城市相關。在此，詩人的「情緒」與城市的「天氣」，亦是辯證為一體的。所謂城市的「天氣」，即是詩人對城市的印象與記憶。詩人援「天氣」為意象，既活潑了「印象」與「記憶」的偏屬靜態的本質，又賦予「印象」與「記憶」二者以「情緒」的元素，為二者平添了更多屬於「人」的情感的因子。

詩的第四段延續這種乘車遠行的心境，「一隻燕子已穿過曦光」一語，隱喻了列車的向前馳動。飛燕穿梭過晨曦的意象，唯美又富於動感，詩人的意象運用著實是精巧、動人。其後「啄去／一個個小站的名字／像沙粒，排成過去／成為數位相機裡凝定的夢境」數行，繼續描繪列車向前馳動的身影，一個個車站的名謂，隨著列車的行駛，漸漸後退、消失。詩人以「小站的名字排成過去」敍寫列車的持續過站，以娓娓道訴的口吻，點染出少許塵境遷換的喟嘆之意。喟嘆雖輕，卻是絕佳的抒情之筆。「成為數位相機裡凝定的夢境」一語，更說明了詩人當下亦於列車上持相機，以鏡頭捕攝車窗外陣陣流動的景致。詩人以「凝定的夢境」一語，繪飾被鏡頭所攝下的景觀，可以見得：「美」，與「真實」、「虛幻」二者交織難分的感受，是詩人對當下景致的實感，

亦是——詩人當下的存在實感。

　　畫卷收攝於旅人。所繪者，是旅人的內在心語。「而我繼續前進，在那裡／也在這裡／追逐永遠看不見的自己」三行，總結詩人於列車上興起的存在感受。在此，「行者」的意象，與列車的恆久奔馳融合為一，詩人的生命旅次將持續到何時？又：如此不斷向前邁步，究竟是追逐著或跟隨著什麼呢？「永遠看不見的自己」一語，暗示答案的無解，讀來似有茫然、消極之感；但先行的「繼續前進」一語，卻預示且宣稱了詩人的存在步伐將不會停歇，只要詩人存在著，便將繼續著行旅。此之謂：即「存在」即「行旅」；即「行旅」即「存在」。這又別是一種辯證思維的運用了。

　　整體而言，〈晨旅〉此詩，意象的運用繁複、自然，讀來畫面生動。所營構的意境，其一是「美」的，且美感之中，始終貫穿著辯證的詩思。不僅「人」與「景」辯證為一，「詩人」與「世界」辯證為一，詩人的「存在」與「行旅」同樣辯證為一；其二是寧謐的，且寧謐之中，又確實感受得到一絲絲時間流動的消息。「靜」的基調中，有「動」的意趣灌注著、流泛著。詩人這首以「詩」為「畫」的作品，實是一幅「靜」中有「動」，「動」、「靜」交融的詩畫，耐人咀嚼、引人入勝。

刊登於《葡萄園詩刊》第 221 期

# 10　死者的視角
## ——評析阿布〈葬禮〉一詩

葬禮　/阿布


死後的第一個早晨
陽光依舊前來
拜訪我們的窗臺


已經有人來過了
那些不及照料的盆栽
昨晚就被清理掉


愛我的人們
都參加了葬禮
哭過以後
把眼淚和我一起留下
領一條廉價的白色毛巾回家
畢竟各自的生命裡
還有更多困境
來不及埋葬

死去反而是最輕鬆的
墓地、戶籍、遺產稅
如此等等
此後都與我無關
我只需要專心的死著

因為活著的人
已經替我決定了許多事
等到他們都離開以後
我與我的死
終於完全擁有彼此

像很久不曾有過的
一個長長的午睡
夢裡出現過的那艘船
航行了多年
在陽光的海域
終於靠岸

刊登於《聯合報 · 副刊》，2017 年 8 月 17 日

收錄於《2017 臺灣詩選》

　　「死亡」之於人，一直是一個永恆的生命課題。因為對於任何生物而言，「活著」雖依於生物基因的驅策，而作為一種生命行為上的隱藏的、也是無上的且絕對的指令，進一步表現為各種求生的本能、慾力與反射動作。但「生」是毗鄰著「死」的，若無所謂「死」，則「生」自始即無意義。以是故，西方存在主義大師（同時也是現象學巨擘）的海德格，便曾發為指點生命與死亡之意義的著名格言，認為人皆是「向死而存有」（德文：das Sein zum Tode，中譯或作：「向死而生」、「向死而在」）的。故而，「死」是不能避免的，更且——根本是無需避免與畏懼的，因為「死」即是「生」的目的，「死」原是「生」之旅途的終點。類此的感悟，不獨哲學家有之，即便文學家也不例外。古、今文學家之振其穎悟，發為洞悉人情世象、徹曉生命本質之「死亡」書寫的，本所在多有，也不計其數，詩人自不會缺席。依筆者所見，阿布的〈葬禮〉一詩，亦是一首詩寫「死亡」的佳作。

　　詩的首段即確立詩寫的策略：戲擬「死者」的視角，以死者的身分發言。詩的起首，以「死後的第一個早晨／陽光依舊前來／拜訪我們的窗臺」三句詩行，輕描淡寫了死後的第一個日常，也是——死者與生者們共構的日常。敷寫著葬禮的第一天，依舊日昇月落，世界依舊

平滑地運轉著。但敘事的節奏頗快，第二段「已經有人來過了／那些不及照料的盆栽／昨晚就被清理掉」三行，即帶出隨著死者的亡故，死者與生者們共構的生活世界，已有些許生活的元素已悄然且驟然地改變了。死者無法繼續照料從而被迅速清理掉的「盆栽」，即表徵著此種生活元素的改變。同樣是輕描淡寫之筆，卻蘊藉著「逝者真的逝去了」的無奈，淡然，卻深具抒情的張力。接著，表情繼續加重力道，第三段「愛我的人們／都參加了葬禮／哭過以後／把眼淚和我一起留下／領一條廉價的白色毛巾回家」五行，不免俗地代死者立言，點染了些身後寂寞的境況。然而，這種情緒並非詩人看待「死亡」的思維基調，從而詩想旋即翻轉，「畢竟各自的生命裡／還有更多困境／來不及埋葬」三行，托出在詩人的觀照中，生者比死者有更多的困境與情緒必須處理的、不無悲憫的反省。筆者以為，將這種反省從死者的視角出發加以陳述，也帶有更強的感染力及說服力。

第四段承接上段的反省，「死去反而是最輕鬆的」、「我只需要專心的死著」兩句，以死者的自述，托出詩人對「死亡」之事的總的見地，那就是：「死亡」反而是一種解脫。什麼樣的解脫呢？「墓地、戶籍、遺產稅／如此等等／此後都與我無關」三行點出端倪。「墓

地」、「戶籍」、「遺產稅」，皆是生者需為死者處理
的「後事」的一部份，可以想見：當一個人未死而將死，
多半皆曾為著諸如此類的事務勞過神、操過心，因之，
這三項事務的譬舉，實亦可理解為是俗務、塵勞的隱
喻。而無論何人，一朝成為「死者」，便皆將遠離俗務、
免去塵勞，這不是一種解脫嗎？以是詩的第五段「因為
活著的人／已經替我決定了許多事」兩行，續寫俗務、
塵勞僅是、也只能是由生者承擔。自然，箇中不無一絲
死者從此無法自理切身事務，只能任由生者擺布自己所
遺留之事務的況味，讀之似有淡淡的無可奈何之嘆，
但，從後三句「等到他們都離開以後／我與我的死／終
於完全擁有彼此」，讀者終究能看出：如莊生所言「知
其不可奈何而安之若命」的豁達，畢竟才是詩人一雙慧
目中所照見的「死亡」。「等到他們都離開」一句，隱
喻「葬禮」的結束；「我與我的死／終於完全擁有彼此」
兩句，則進一步表達了：唯有待到「葬禮」結束，「死
者」方能不受世間吵嚷地、真正地死去。至此，「死亡」
與真正的「安寧」巧妙地同一了！詩人的表達雖周折，
但蘊藉的哲思卻可見一斑。

　　詩的末段，以六句詩行總結詩人對「死亡」之事的
讚頌。詩人先是以死者的口吻，歌頌「死亡」為一場「長
長的午睡」，連結了人們所習知的、「死亡」乃為「安

眠」、「長眠」的意象，緊接著「夢裡出現過的那艘船／航行了多年／在陽光的海域／終於靠岸」四行，更以舟船的航行暨終究靠岸，表徵了「死亡」方乃生命之目的地的省思，如呼應了海氏的人乃向「死」而存有的存在感思一般，也像呼應了佛教視真正的「死亡」為解脫、莊生視「死亡」為「懸解」的豁達思想，以極正向的譬況、極明亮的畫面，輔翼這種超然之詩思的表達。整體而言，全詩之書寫「死亡」，雖不無逝者已逝、生活有變的哀情，也確有生者從此將代死者行事，死者已無力自處生活的慨歎，但更多的，卻是對死者終究能解脫生前煩惱、終於能獲致真正的安寧的智慧的辯證。是一首語言雖淺近、表情雖淡漠，但寄寓了省思「死亡」之深刻智慧的哲理詩佳作。

刊登於《葡萄園詩刊》第 222 期

# 11 汨羅江，也懂遺憾
## ——評析葉莎〈水之遺憾〉一詩

水之遺憾 　/ 葉莎

我遺憾未能將你接住
像煙雨拉攏牧童，笛音揉和山水
當你行吟澤畔，形容枯槁
我遺憾不能讓所有的風成為弦的一種
等你拉響委屈，成就我的臉紋

我遺憾將你接住
像一座山接住烏雲，夏雷追打濕透的衣服
明朗從此成為一種遠，雨從此成為胸膛
舉世之濁，更濁
我遺憾讓所有的鏡子連成一面水
等你一躍而入，破裂成一種濤聲

　　自稱江水，卻不敢再茫茫
　　我是一本清醒的楚辭

葉莎《人間》

　　詩人賦詩，終需題材。觸目萬象可為詩，感時憂國可為詩，憶往懷舊可為詩，自然的，神往古人亦可為詩；並且，無論在古典詩或現代詩中，古代的歷史或文化名人們無論盛名昭著於何種領域，他們的生平行跡或功業、風骨與心曲，總能為一代一代的詩人們，提供翩躚詩筆、聯章結句的靈感養料。正如中國信史上的第一位偉大詩人——屈原，因其稟賦驚奇高絕的詩藝與文采，再加上一身孤標獨立、不願與世同濁的人格，便常牽引後代詩家們的神往與感懷，進而形諸筆墨，凝晶為一首又一首詠懷屈原的傳世詩作。以現代詩家來說，余光中便常以屈原入詩，如〈漂給屈原〉、〈淡水河邊弔屈原〉、〈水仙操〉等詠嘆屈原的作品，堪稱不勝枚舉；至如洛夫撰〈水祭〉、羅智成演〈離騷〉，也都是遙念屈原而詩藝燦然的佳構，值得現代詩史記上一筆；向陽甚至寫有臺語詩：〈南方孤島——寫予屈原〉，在臺語現代詩的創作園地裡，也拓下了一方追思屈原的灼熱印記。依筆者所見，葉莎的〈水之遺憾〉一詩，亦是一首詠嘆屈原的佳作，不獨整體詩情澄明、深摯，詩思與技法也堪稱獨到，讀來令人驚艷。

　　全詩共十三行，篇幅精簡，以「水之遺憾」為題，便頗引人遐思。詩人的寫作發想，是懸擬一屈原生平之關聯物事的目光及心理，從此一關聯物事的視角出發，

追懷暨詠嘆屈原的臨終遭遇及心境。此一關聯物事，即是「水」。依全詩的抒情脈絡尋思而下，所謂「水」，自然是「江水」的省稱；至於「江水」，則顯然是成就屈原之死，為屈原此一高尚生命畫下休止符，且若屈原有靈，亦可能以之為神魂之永世棲所的──汨羅江。因之，「水之遺憾」也者，亦即是「汨羅江水之遺憾」之謂。詩分三段，首段開頭「我遺憾未能將你接住」與第二段開頭「我遺憾將你接住」，顯示詩人所演繹的屬於汨羅江水的遺憾，蓋有兩層；且詩人為此兩層遺憾之情，設定了正、反相襯的對照格局，盡顯詩人詩思的精巧與靈活。

首段「我遺憾未能將你接住」一句，不獨確立第一人稱敍述的角度，更是自比「汨羅江水」，以擬人的手法，在悠悠勾勒屈原形象時，也進行歷史情境的想像式介入。自此以下，讀者彷彿能歷歷照見：汨羅江水原來也敏銳善感，得以覺知愛國詩人的畢生處境與滿腔塊壘。所謂未能接住屈原的遺憾，既可直截地理解為汨羅江無以承接投江的屈原，令到屈原就此殞命的遺憾，亦可更深一層地理解為，是一份無法成為屈原知音，傾聽與分擔屈原之鬱悶胸懷及憂國傷情的遺憾。「像煙雨拉攏牧童，笛音揉和山水」兩句，以情、景交融的筆法，援「煙雨」、「笛音」自喻，通過二者能得「拉攏牧童」

與「揉和山水」的諧和意象，娓娓傾吐詩人欲承接屈原一腔哀情與衷腸的情感。其下「當你行吟澤畔／形容枯槁／我遺憾不能讓所有的風成為弦的一種／等你拉響委屈，成就我的臉紋」四行，不獨點染、再現了屈原投江前的歷史印象——行吟澤畔而身姿頹然、臉容惆悵，「我遺憾不能讓所有的風成為弦的一種／等你拉響委屈，成就我的臉紋」更是此中抒情的高峰。詩人縮合了「風」之吹拂與「弦」之演樂兩種意象，扼腕著不能讓屈原盡舒胸臆，一如風送弦歌，讓屈原的滿腔委屈盡皆融入樂音，一陣陣、一聲聲，拂盪起汨羅江面上的汨汨漣漪。此間以「臉紋」喻「水紋」的筆法，既順勢、自然，又能引起驚奇之感，足見詩人之抒情，功力精深。

第二段「我遺憾將你接住」一句，既將全詩帶入另一個層次的抒情，亦暗示了全詩將進入對「屈原之死」的詩性描繪。若說首段所演譯的屬於汨羅江水的遺憾，是一份未能阻卻屈原的死亡及未能及時接收屈原心聲的悵然，則所謂「我遺憾將你接住」所演繹的，便是汨羅江最終成為屈原殞身之所，埋葬了一顆文學彗星的遺憾。從「像一座山接住烏雲，夏雷追打濕透的衣服／明朗從此成為一種遠，雨從此成為胸膛」兩行，可見此段的抒情，色彩轉趨暗晦與沉重。所謂「山」接住了「烏雲」，表面上寫山接住了烏雲，實際上表達的，是山承

接了雨水與雷霆，因此理所當然有了「夏雷追打溼透的衣服」的設喻及抒情的延伸。在此，「雨」的意象代替了「水」的意象。此種意象上的置換極其巧妙，既吻合與銜接了從詩題及首段中即托出的「水」的意象的既有意涵，又在原有意涵上添加了一抹陰鬱的情緒色彩，有效將此種情緒傳達於讀者。既使讀者能隱隱然實感著屈原臨死前滿腔情緒的愈加晦暗、憂傷，亦同時能實感著汨羅江水對屈原此份情緒的感同身受。詩人之以意象勾勒情緒、營構情感，進而感染於讀者，此詩在此可謂做了絕佳的示範。其下抒情繼續，「明朗從此成為一種遠，雨從此成為胸膛」一行，以精簡的筆墨，亟力敷寫著屈原的心傷已無可復原，充溢屈原身心的，將只會是永雨的氣候；而這同時也暗示了屈原之死的必然發生。隨後「舉世之濁，更濁」一行，便斷言了世道將更形暗濁，只因眾濁獨清而眾醉獨醒的屈原，必將離世。「我遺憾讓所有的鏡子連成一面水 / 等你一躍而入，破裂成一種濤聲」兩行，則既是敘事，也是抒情。詩人以「鏡面」喻「江面」，「鏡面」的意象，有平滑、清澈故足以鑑照真實世情的意思。因之，「鏡面」既可以是譬喻汨羅江水的江面，亦可以是譬喻屈原那份眾濁而獨清的孤高心靈；且「鏡面」易碎，以「鏡面」喻「江面」，便也是詩人同時要敘寫著汨羅江水雖能接受屈原的身軀，但這種接受　終究只能成就屈原的「死」，不能通向屈原

的「生」。此段的段旨：「我遺憾將你接住」的諦義，也因此得到一種無聲的強調。

全詩收結在「自稱江水，卻不敢再茫茫／我是一本清醒的楚辭」兩行，詩人以警語式的詩行，藉汨羅江水之口，表達自己既熟讀了屈原的文學遺澤──《楚辭》，同時也能清醒地感會著屈原寄寓在一己文學遺作中的那份高潔靈魂。詩人之願為屈原的隔世知己，且願追跡其高尚人格的惓款情衷，在此可見一斑。整體而言，詩人寫作此詩，抒情的策略清晰可辨，雖自比汨羅江水，但通篇所擬構的屬於汨羅江的情感，點點滴滴，無不是詩人自己的情感；且層層抒情皆出以第一人稱的口吻，既使詩人的抒情更顯靈活、深長而平易可親，也活化了原屬無情之物事的汨羅江。讀者讀之，當不自覺興發出：「因為詩，汨羅江水，竟也能懂得遺憾！」的讚嘆；亦足見詩人詩心，自能點石成金，足以造化出一方感通人、物之情的微妙宇宙。

刊登於《葡萄園詩刊》第 223 期

# 12 願為自由而鷹飛
## ——評析葉宣哲〈鴿與鷹〉一詩

鴿與鷹 ／葉宣哲

自由是不能妥協的
未來是不能妥協的
福爾摩沙的天空
屬於我們

我們是鴿
在中央山脈之上
在臺灣海峽之上
自由翱翔

和平的鴿呀
可以和東邊的鄰居談
可以和西邊的鄰居談
什麼都可以談
但請告訴我
東方之珠為何蒙塵
幾十萬維吾爾人為何入監牢

自由是不能妥協的

未來是不能妥協的

當風暴來臨

我們也可以是鷹隼

以閃電般的速度

啄瞎巨人的眼睛

我們原是自由的飛鳥

拒絕獨裁威權的牢籠

飛吧

在中央山脈之上

在臺灣海峽之上

自由翱翔

《文學臺灣》第 108 期，2018 年 10 月

　　文人為文，詩人賦詩，雖然也可單純為文學而文學、為美而美，然而置身現實社會，人間自有萬象，家國自有風雨，文人詩人，自不可能全然不問世事，鎮日閉門造車、一意風花雪月。因而，文人詩人之介入現實，或以作品鈎抉社會弊病，或以作品諷諫家國蠹蟲，或以作品照映自我對家國、社會的各種反省與期許，在古、今

文學場域中，皆屬必有而常見的文學現象。詩人葉宣哲寫作此詩，也是如此。

　　此詩題為〈鴿與鷹〉，詩旨清晰可辨。「鴿」的意象，指涉的自然是所謂「鴿派」，亦即在政治或軍事主張上的「主和派」；至於「鷹」，自然是「鷹派」，也就是在政治或軍事主張上的「主戰派」。然則，這種既定的象徵意涵，亦可外推得更寬泛些，例如：以「鴿」的意象為指涉「溫和」、「和平」之意；以「鷹」的意象為指涉「激進」、「勇敢」之意。繹讀此詩中的「鴿」與「鷹」，上述幾種意思，都頗適切。

　　首段四行言「自由是不能妥協的／未來是不能妥協的／福爾摩沙的天空／屬於我們」，即是此詩的中心思想所在，也是詩人想感染於讀者的基本信念。詩人以直白的語言，乾淨俐落的分行，宣言著臺灣人民當前擁有的「自由」，是不能妥協的；臺灣人民的「未來」也是不能妥協的。這是字面上的意思，但詩人的這份宣言，實又隱含著：臺灣人民當前擁有的這份「自由」和「未來」，是可能被人「妥協」掉的，甚至放棄。詩人之介入社會，由此可見，只因：這正是臺灣這個國度裡，長久存在的真實隱憂。詩人秉其燭世慧目，自然能見及也實感著這份隱憂。然而，詩人的信念也是正向而剛健

的，因而詩人豪語著：「福爾摩沙的天空／屬於我們」，詩人胸中所懷抱的臺灣主體／權意識，躍然眼前。

第二段開始，托出詩人對臺灣人集體性格的觀察和定位。「我們是鴿／在中央山脈之上／在臺灣海峽之上／自由翱翔」四行，一方面重複強調了臺灣人民生長在一個自由的國度裡，一方面以「鴿」定位臺灣人的集體性格，也就是：溫和、愛好和平。這種觀察，自然是精準的。第三段銜接此種定位，繼續抒發詩人的家國觀察，「和平的鴿呀／可以和東邊的鄰居談／可以和西邊的鄰居談／什麼都可以談」四行，以「東邊的鄰居」、「西邊的鄰居」，概括了臺灣東鄰「日本」而西臨「中國」的地緣政治實況，「什麼都可以談」一語雖未明言，卻隱括了臺灣長久以來無以迴避的國際事務難題，亦即：西邊的中國總有吞併臺灣，亟欲脅迫臺灣與之進行實質統一協商的處境。詩人緊接著托出自己對此一課題的回應立場，其言「但請告訴我／東方之珠為何蒙塵／幾十萬維吾爾人為何入監牢」，這是以質問代替回答。詩人所質問的，是先、後被劃入中國政治版圖，卻因此陷入種種政治困境、承受種種非人暴政的香港及新疆。

曾經被喻為「東方之珠」的香港，於一九九七年回歸中國後，原有的民主、自由遭到急速的侵蝕，更重要

的是，中國曾經信誓旦旦允諾的「一國兩制」也幾近破滅。在詩人寫作此詩的前四年，香港業已發生過震動國際視聽的「雨傘革命」，然而，香港人民終究爭取「真普選」而不可得。香港的處境，難道不應引起世人的質疑？難道不應帶給臺灣人民相應的警惕嗎？詩人一句「東方之珠為何蒙塵」雖是何其簡明、直白的詩行，卻寄寓著多少對香港處境的深刻同情和扼腕？同時又涵容著多少對中國暴政的敏銳警惕？至於新疆，中國通過諸如「再教育營」的普設、「結對認親」制度的實施、鼓勵維吾爾人與漢人通婚……等，再再令國際社會瞠目結舌的政策，在新疆境內肆行堪稱「二十一世紀的維吾爾人『漢化』大業」的種族改造工程，詩人一句「幾十萬維吾爾人為何入監牢」，又寫出多少維吾爾人自與中國進行政治協商、自甘放棄主權後，從此經年累月置身在一個極權牢籠的辛酸與悲涼？緊接著詩人的這種觀察和警惕，全詩的第四段，帶出詩人對臺灣人的深刻期許。

第四段起首，詩人重述了「自由是不能妥協的／未來是不能妥協的」的宣言，這毋寧是對心中信念和價值觀的再強調。所強調的，是詩人心中堅定的臺灣主體／權意識，同時，這也是詩人期許全體臺灣人能共同擁有的信念和價值。其下「當風暴來臨／我們也可以是鷹隼／以閃電般的速度／啄瞎巨人的眼睛」四行，正式帶出

「鷹」的意象。詩人以「鴿」群向「鷹隼」的蛻變，期許臺灣人在歷史的關鍵時刻，願意放下溫和、愛好和平的集體性格，振奮出願意勇敢作戰、願意對抗強權的剛強性格，迎向風暴、對抗巨人。這同時也可被解讀為：詩人期許著，當有朝中國真箇對臺灣進行「武統」、欲以軍事力量併吞臺灣時，臺灣人能集體展現英勇作戰的意志，蛻變為一個個願戰、敢戰的勇士。詩人寫作此詩的意圖，或許皆繫於這番期許吧？

全詩收結在最後五行：「我們原是自由的飛鳥／拒絕獨裁威權的牢籠／飛吧／在中央山脈之上／在臺灣海峽之上／自由翱翔」，詩人巧妙縮合了「鴿」與「鷹」的意象，將「鴿」與「鷹」合併提煉為更加概念化的「飛鳥」的意象。所謂「飛鳥」，無論是性情溫順的鴿群，或性情猛厲的鷹隼，牠們共同的特徵是：能夠飛翔，並且是──自由自在地飛翔。這「飛鳥」的意象，實則更大程度的概括了目前生活在臺灣這塊土地上的所有人民。只因：就全體臺灣人而言，無論其在中、臺雙邊事務上所抱有的態度是偏屬溫和的「鴿派」，或偏屬激進的「鷹派」，能夠自由地生活、民主地生活，理應是全體臺灣人在信念與價值上的公約數。因此，獨裁與威權的體制，怎麼能是臺灣人的選項呢？詩人以「我們原是自由的飛鳥／拒絕獨裁威權的牢籠」兩句詩行，既鏗鏘

有力地為這份信念發聲；更且是以發聲為期許，期許全體臺灣人都能共同擁有這份信念、共同堅持這份信念。

　　整體而言，整首詩作平易近人，創作的主旨鮮明而一貫。既能以極簡鍊的語言概括相應的現實情勢——如對「香港」、「新疆」兩地之現實處境的概括，更重要的是，詩行中所蘊藉的那份對臺灣主體／權意識的堅持，以及那份願意挺身捍衛臺灣主權暨民主自由之國家體制的積極、剛健的勇氣，著實鏗鏘有力。詩人的基本信念，彷彿能流溢出詩行，讀來頗有鼓舞人心的力量。作為一首積極介入現實世界的政治詩，詩人的實踐毋寧是成功的。

刊登於《臺灣現代詩》第 59 期

收錄於葉宣哲《瞳》

# 13 凝視病房裡的安寧
## ——評析隱匿〈安寧病房〉一詩

安寧病房 ／隱匿

在這裡
窗外的行道樹顯得
異常遙遠
路人無聲
穿越險象環生的馬路
幾支陽傘在狂風中
支離破碎

天空依照慣例
充滿了象徵
白雲純潔如脫脂棉
晚霞如血
像是遠去的親人

在這裡，我們
輕聲細語
不再匆忙趕路
過去惡言相向的夫妻

現在緊握住對方的手
過去一年才回家一次的兒女
現在經常出現

因為恐懼死亡
所以尊敬生命
（尤其是生命跡象淡薄的那些）
因為悲傷無法表達
只好以淚水演出
各種戲碼

在這裡，我猜想
或許是幸福的？
生命的最後一段路
有無止盡的嗎啡
和專業的醫護人員
他們個個都親切
陽光也準時
從窗口進來
又撤退

即使生命從未圓滿
即使壽命總是太短

但我們在這裡

有一點時間可以回憶往事

有一點時間可以為自己

打包行李

準備出發

到另一個地方去

有足夠的證據顯示

在那裡

有真正的安寧

刊登於《聯合報 ‧ 副刊》，2017 年 1 月 17 日

收錄於《2017 臺灣詩選》

　　「死亡」，乃生而為人必得面對的生命課題。可以說，人的一生都在學習著面對死亡與觀照死亡，以至於在「生」之旅途的最終，能坦然臨受死亡。關於面對死亡、觀照死亡，人們偶或對一些無關係者的離世，作驚鴻一瞥與品頭論足，如日常生活中慣常遭遇的車禍傷亡或鄰人殤逝之類，或是對一干切近關係者的死亡，從事一番較長期、較深入地照察甚至介入，如對親友之病、老歷程的照護乃至於臨終陪伴皆是。總之，關於「死亡」

的經驗，在每個人親歷自我之臨終乃至於生命終止的那一霎那之外，尚有一種必然經驗，源自於對他人之步向「死亡」與擁抱「死亡」之經歷的凝視及參與。詩人隱匿寫作〈安寧病房〉一詩，便是以此種經驗為對象，寫就了一首表情淡漠但意味極其深長、雋永的佳作。

整首詩的詩寫，將經驗照察的目光聚焦在「安寧病房」。「安寧病房」是「安寧療護」措施的實施場所，乃現今醫學界慣常用以取代「安樂死」措施的加諸於不可逆疾症患者的臨終醫療選項之一。在安寧療護的過程裡，患者得以在生命確實終止前，接受一應得以減輕身心痛苦及解消不安定情緒的醫療服務，如：緩解生理痛苦的嗎啡注射、撫慰心靈不安及精神壓力的心理治療、滿足信仰需求的各類宗教服務等等，當然，箇中更不可缺乏的，是患者之重要親屬的陪伴。詩人寫作此詩，即是抒發自我對此種醫療現場的觀照與省思。

首段確立經驗主體的視角，「在這裡／窗外的行道樹顯得／異常遙遠／路人無聲／穿越險象環生的馬路／幾支陽傘在狂風中／支離破碎」六行，顯示敘事者的視線是由「內」而「外」投注的。讀者透過詩行的導引所能想像的，是經驗主體置身於安寧病房中，將目光投向病房之外所照見的尋常景象。「行道樹」、「路人」、「馬路」、「陽傘」與「狂風」的畫面剪裁，盡是微不足道的日常，但畫面雖簡，文句也平淺易解，卻寄寓了

極為冷靜的情緒。在經驗主體的眼中，僅在窗外的行道樹竟會「異常遙遠」；路人雖無聲，狂風中支離破碎的陽傘卻旁襯著畫面。在此，詩人以淺近的語言、靜穩的語調，營構了一種經驗主體正在「靜」中捕捉「動」態的在場情境，蘊藉出一種與詩題「安寧病房」中的「安寧」之感相呼應的「平靜」氛圍。這份淡然與冷靜，也正是貫穿著整首詩作的情緒基調。

第二段「天空依照慣例／充滿了象徵／白雲純潔如脫脂棉／晚霞如血／像是遠去的親人」六行，直是首段詩寫的延續，不獨相同的情緒繼續渲染著，經驗主體的目光也向更遠處延伸，直達安寧病房外的天際。「天空」竟會充滿「象徵」的想像，再次凸顯了經驗主體的心緒是莫名平靜的；將「白雲」與「脫脂棉」、「晚霞」與「血色」相縮合的意象運用，尤是匠心獨運且不著痕跡的精巧詩筆。「白雲」與「晚霞」皆為敍寫景色的天空意象，「脫脂棉」與「血色」則分別繫聯了醫療現場中慣有的慘白與腥紅的意象，顯示經驗主體的在場觀照，雖聚焦在遠天上不斷變換的雲景霞光，內在裡，卻終究斷不開於安寧病房中實施安寧療護的在場感受。此中，「白雲」與「晚霞」像是「遠去的親人」的遐想，更巧妙地聯結了親人逝去的意象，悄然托出了整首詩作的詩寫隱題：死亡。

進入第三段，表情迎來明顯的轉折，經驗主體的視

線亦由「外」向「內」收攝。「在這裡，我們 / 輕聲細語 / 不再匆忙趕路 / 過去惡言相向的夫妻 / 現在緊握住對方的手 / 過去一年才回家一次的兒女 / 現在經常出現」六行，概括詩寫了安寧病房裡親屬對患者的陪伴實況。當下的「輕聲細語」，對比「過去的惡言相向」；當下「緊握住對方的手」，對比過去「匆忙趕路」所肇致的疏於陪伴；當下的「經常出現」，對比過去的「一年才回家一次」。要之，詩人是運用平淺的語言，既敍寫經驗主體所凝視的現在，也勾勒經驗主體所眺望的過去，並在讀者的腦海中油然營構了一種：「現在 / 安寧病房內 / 關係緊密 VS. 過去 / 安寧病房外 / 關係疏離」的情境對照。詩寫至此，與「安寧」相連的「平靜」的情緒雖仍瀰滿全詩，卻隱隱流泛了一層極富反省味道的蒼涼之感。亦即：竟得待到臨終，至親間的關係方能轉疏遠為親密？這究竟該慶幸？還是該惋惜？這自然是屬於詩人的反省，但也應是詩人意欲傳達並引導於讀者的反省吧？筆者這樣認為。

進入第四、第五段，在既有的敍景、抒情之外，整體詩寫添入了更明確的議論筆觸。第四段「因為恐懼死亡 / 所以尊敬生命 /（尤其是生命跡象淡薄的那些）」三行，全然是論述的口吻，概括說明了為何人們非得直到臨終，方能與至親之人轉疏遠為親密的心理因素。論說間，情緒與口吻雖仍貫穿了一貫的平靜基調，卻隱透

著一股難以言喻的無奈與哀傷，「尤其是生命跡象淡薄的那些」一句出以括號的形式，既有演示其為內在獨白的話語功能，亦同時傳達了某種近於自遣或諷刺的情緒；其後「因為悲傷無法表達／只好以淚水演出／各種戲碼」三行，是整首詩中最直白的表情語句，但抒情的姿態仍是和緩、靜穩的，也因此別有一番深刻、綿長的感染力。第五段的議論，更進一步地添入幾分省思的意味。「在這裡，我猜想／或許是幸福的？」兩行，洩漏了經驗主體對「安寧療護」制度的某些省思。這種省思並不全然是純屬理性的，毋寧是一種結合了經驗主體之在場直觀的理性反思；其後「生命的最後一段路／有無止盡的嗎啡／和專業的醫護人員／他們個個都親切／陽光也準時／從窗口進來／又撤退」七行，以極明快的節奏，托出興起那種反思的理由，亦即：確實死亡前的「嗎啡」止痛與各類醫護人員的親切陪伴，包含「安寧病房」裡所能照見的尋常景物，真能帶給患者臨終前的安寧嗎？在此，詩人的提問毋寧是含蓄且隱性的，等待讀者們通過詩行的咀嚼去加以勾抉與領會。

第六段結束全詩，「即使生命從未圓滿／即使壽命總是太短／但我們在這裡／有一點時間可以回憶往事／有一點時間可以為自己／打包行李／準備出發／到另一個地方去／有足夠的證據顯示／在那裡／有真正的安寧」整整十一行，皆是感懷式的議論筆觸。對「生命從

未圓滿」與「壽命總是太短」的生命現實，詩人在平淡的表情中，傳達了一種「知其不可奈何而安之若命」的豁達；其後，詩人繼續以語言淺近的詩行，總結了在「安寧病房」裡，人們得以獲得「一點時間」讓自己「回憶往事」、「打包行李」，準備邁向「死亡」之後的另一段旅程。詩人將整首詩作收結在「有足夠的證據顯示／在那裡／有真正的安寧」三行，既藉此回應了上一段末尾所隱括的反思，也淡然地認同了：安寧病房裡，有真正的安寧，同時也明確揭櫫了「安寧」二字以呼應詩題。全詩題為「安寧病房」，卻在整首詩作末尾，方才明確提揭了「安寧」這個字眼，詩作之表情的委婉與淡漠，也由此可見。

整體而言，全詩語言淺近，整整六段四十五行的詩寫中，無有一詞一句流於晦澀難解。然而語言雖淺近，對「安寧病房」的在場實況，卻能發為極概括的描繪；對經驗主體的在場體驗，也能縮合眼前的視域所及與內在的所感所想，發為毫不斧鑿的抒情與反思。整體的表情雖始終平靜、淡漠，但自有一番隱然卻深長的情思流淌在其間，是一首能帶領讀者省思臨終醫療的雋永之作。

刊登於《葡萄園詩刊》第 224 期

# 14　「空」與「不空」
## ——評析辛金順〈空寂〉一詩

空寂　／辛金順

夜踮起腳尖偷窺夢的顏色

在殘破的窗戶上

枝椏枯瘦的暗影

凌亂地畫著歲月的痕跡

與風聲悄悄地跨進屋裡


無人守護的塵埃，沉睡

在時間最幽深的世界

那裡有我們呼喚而相忘的眼神

在曠野上一閃即逝

而光影疾走，死亡

在一張張黑白照片重新復活

尋找秋天時遠逝的輓歌


故人如雨，化作一場滂沱

在記憶乾涸的河床上暴漲成

四處流離的日光

不斷向遠方逃亡

　　日子跨過日子

　　年靜坐如禪

　　詩老了

　　我們只能繼續燒烤回憶

　　相互取暖

辛金順《在遠方》

　　作為一首抒情詩，此詩從訂題伊始，便極耐人尋味。「空寂」也者，即佛家所謂的「空」（梵語：Śūnyatā）。佛家言「空」，非指諸法（即：包含「色法」、「心法」在內的，世間的一切物質現象與精神現象）皆為「虛無」、皆為──「零」，而是意指諸法皆為「無常」──亦即恆久處在變化之中，故而「不常住」、「無自性」。因之，佛家言「空」，本包含了兩個面向：一者，諸法「無常」，此乃諸法的「空」的一面；二者，諸法雖「無常」，但又確實存在，此則可謂諸法的「不空」的一面。讀者若深酖〈空寂〉此詩，當知詩人辛金順確實深諳佛家「空」理，在一段段幽幽然憶往、傷逝的抒情詩行間，既體現了「空」義的兩個面向，更將原屬一種「思維」、原僅居於抽象之義理層面的所謂「空寂」，活化為一種瀰滿全詩的、貫穿於全詩之字裡行間

的情緒基調，雖寂兮寥兮，卻令讀者栩然可感。易言之，「空寂」也者，在此首詩作中，既是「思」，也是「情」，是詩人之「情」、「思」的綜合體。

　　首段著意敍景，「夜踮起腳尖偷窺夢的顏色／在殘破的窗戶上／枝椏枯瘦的暗影／凌亂地畫著歲月的痕跡／與風聲悄悄地跨進屋裡」五行所勾勒的畫面，是寂靜的、是蕭索的，也是寥落而意味深長的。在此，詩人盡情展現其勝場，亦即——以「景」構「情」。在辛金順的詩作中，寫景與抒情恆是一體的。此中，「夜踮起腳尖」、「殘破的窗戶」、「枝椏凌亂的暗影」與「風聲悄然襲入屋內」等意象，皆油然繫連了詩人憶往、傷逝之當下的心緒氛圍，晦暗、靜寂與蕭索、寂寥的情緒，感之雖淡然，卻立體得幾乎能溢出詩行；「夜踮起腳尖偷窺夢的顏色」一句，暗示詩人之憶往乃進行於深夜，並且，在此所謂「夜」踮起腳尖來偷窺的，應不僅僅是夢境而已，而應是更進一步的，那潛藏在人的意識深處中，能作為夢境加工之原料的「回憶」。因之，「夜踮起腳尖偷窺夢的顏色」一句，也可被理解為是詩人在敍寫自我當下的憶往情境。

　　進入第二段，「憶往」不再是詩寫的隱題，而是堂皇現身。「無人守護的塵埃，沉睡／在時間最幽深的世界」兩行，以「塵埃」喻「回憶」；以塵埃的無人守護

及沉睡在時間的長流中，紋明了即便是再刻骨銘心的回憶，在日復一日的日常中，也常常只是封藏在深層意識的抽屜中，無人問津、乏人翻檢。在此，回憶的不受聞問、恍若消逝，體現了回憶之「空」的一面；然而，雖不受聞問，回憶畢竟仍確確實實地埋藏於深邃的意識中，亦即——回憶仍舊存在，此則反向體現了回憶之「不空」的一面。其下五行，詩人打鐵趁熱，繼續針對「回憶」，緊鑼密鼓地進行了「空」與「不空」間的雙向辯證，「那裡有我們呼喚而相忘的眼神／在曠野上一閃即逝／而光影疾走，死亡／在一張張黑白照片重新復活／尋找秋天時遠逝的輓歌」點明詩人所憶、所傷者，是「人」，「那裡有我們呼喚而相忘的眼神／在曠野上一閃即逝」兩行中，詩人追憶著與其所追憶的故人間，有著彼此呼喚而相忘的眼神，這不僅暗示詩人與此故人間存在著足以鏤刻生命的深層情誼，此一「眼神」在曠野上的一閃即逝，即是紋寫此一眼神的「空」的一面；反之，此一「眼神」雖當即閃逝，卻又確實存在於回憶中，則是紋寫此一「眼神」的「不空」的一面；再進一步地，詩人追紋到：其雖然閃逝如「光影」的「死亡」，卻會在（也能在）一張張黑白照片中復活。同樣的，閃逝如光影的死亡是紋寫此一「眼神」的「空」的一面，而其在黑白照片中的復活，則重申了此一「眼神」的「不空」的一面。要之，此一「眼神」並不僅僅是詩人與其故人間彼此凝望的目光，而是其彼此間曾經有過的深刻

繫念與羈絆。此繫念與羈絆畢竟已塵封為回憶，此乃為其「空」的一面；但此繫念與羈絆卻又確然存在，此乃為其「不空」的一面。總之，詩人巧運詩筆，層層辯證；也在此層層辯證中，深情畢現。

第三段承接第二段的抒情，但筆墨更為濃重了。「故人如雨，化作一場滂沱」一句，極力敷寫詩人的傷逝之情。在此，故人的如雨滂沱，既寫詩人當下憶念故舊的思維情境——亦即攸關故人的回憶，正點點滴滴如滂沱雨下般不斷湧現；進一步地，如滂沱雨下的也或許不僅僅是攸關故人的回憶而已，更是詩人當下正不絕流淌的淚水；且對故人的回憶，當下雖不絕湧現，但詩人旋即以其「在記憶乾涸的河床上暴漲成／四處流離的日光／不斷向遠方逃亡」三行，追加敘寫著故人、故事雖在回憶中滂沱如雨，但旋即便如「日光」一般四處流離、逃向遠方。可見詩人在此的表情痕跡雖深濃可辨，卻又淡漠地詠嘆了：回憶雖當下洶湧如潮，卻也當即消散而無從把捉。同樣的，回憶的洶湧如潮，敘寫的是回憶的「不空」的一面；而其洶湧泛現後的轉瞬消逝，則是敘寫回憶的「空」的一面。要之，詩人的抒情總是周旋在「空」與「不空」之間，辯證不已。

末段的抒情筆墨轉濃為淡，「日子跨過日子／年靜坐如禪」兩行，隱然地暗示了詩題所示的「空寂」理趣。

生活如舊，時光一樣日復一日向前流逝，在時間的長流中不絕積累的一切回憶，終將一一封藏於意識深處，此自然又是回憶的「空」的一面的辯證；然則，詩人以「詩老了／我們只能繼續燒烤回憶／相互取暖」三行收結全詩，此乃宣示著：詩人以此首詩作憶往、傷逝，但此詩亦將隨著時間的長流而日日陳舊、漸漸成「空」，此乃此首詩作乃至其所包裹之回憶的「空」的一面，然則只要詩人仍能回憶、仍有回憶，則此首詩作及其所包裹的回憶，終究仍存在於詩人的思維意識中，等待著詩人再次憶起、再次品味，此又是此首詩作乃至其所包裹之回憶的「不空」的一面了！

　　總體而言，此詩的寫作是抒情的，但其抒情始終體現著佛家的「空寂」之理，演繹著「空寂」之理所蘊含的，那諸法既是「空」又是「不空」的思維辯證。詩人所追憶的故人是如此；詩人與其故人之間的情誼、過去也是如此；甚至於，此詩的詩寫──亦即此首詩作本身──暨其箇中蘊藉的情感與哲理，同樣是如此。故而，此詩既有著深刻而足以動人的「憶往」之「情」，又有著鮮明而一貫的「空寂」之「思」，確是一首「情」、「思」兼備且兼美的抒情小品，足堪咀嚼、韻味無窮。

刊登於《葡萄園詩刊》第 225 期

# 15　與「樹」為一
## ——評析隱匿〈樹葬〉一詩

樹葬　／隱匿

從此以後
你不用再理髮了
你的頭上長出了草

從此以後
你可以隨意觸摸
樹木的根鬚
可以從樹幹的內部
慢慢往上爬

從此以後
你不用再吃藥了
不用再苦苦思索
接下來的路
該怎麼走

「阿公去哪裡了？」
「可能變成鳥到處飛了吧？」

「或是像風一樣，想去哪就去哪！」
大人的想像力
也只能到這裡了

山頂上的風
把家人的淚水吹乾了
往前望去
整座城市
仍被困在原來的地方

城市的盡頭
是另一座山
那裡也有一家人
和我們對望
就像鏡子一樣

隱匿《永無止盡的現在》

此詩題為「樹葬」，是一首典型的悼亡詩。「樹葬」者，與「海葬」、「花葬」、「草葬」等，同為近年興起之環保「自然葬」法中的一種，秉持著不立碑、

不造墳或不留下任何有形記號、不佔據任何地球空間的概念，來為逝者送別，讓逝者與自然一體無間，和諧共存。箇中既寄寓了傳統「天人合一」的精神，也服膺了當代所力倡的「綠色地球」的環保觀念。作者隱匿，一向慣於以冷靜的筆觸及平淺的文字來聯綴詩行，既勾勒自己的所見所聞，處理自己的情感情緒，也表達自己的反省與辯證。此詩也不例外。

首段既破題，也開啟了全詩的整體抒情。「從此以後，你不用再理髮了，你的頭上長出了草」三行，以第二人稱的敘述角度，演繹著詩人與逝者話別的內在情境。全段雖不著「樹葬」二字，但「你不用再理髮了」、「你的頭上長出了草」兩句，暗示了那詩人內心所與談的客體已然傷逝，且其身歿後的棲處之上，有植物生長。讀者正可由此繫聯到詩題──「樹葬」，並共感著詩人之傷情的所由。

第二段開始，詩人稍稍加重了抒情的力道，但所採取的敘述語調卻是正面的，試圖為自我的傷情敷染一抹明亮的色彩。「從此以後／你可以隨意觸摸／樹木的根鬚／可以從樹幹的內部／慢慢往上爬」五行，詩人緊扣著「樹葬」的概念與現實情境，描繪著逝者已與「樹」同寢，甚至是──與「樹」為一的隔世畫幅，既是自我

想像、自我寬慰著逝者自此已全然融入另一自然的生命中，與「樹」同在，與「樹」同其呼吸，也是安慰著逝者：死亡，不過是以上一個存在樣態的結束，交換下一個存在樣態的開始。在此，詩人的文字極其精簡，但其想像又極為概括且入微；而其試圖表達的寬慰是雙向的，既向著逝者，也向著詩人自己。

第三段延續雙向寬慰的抒情策略。詩人以「從此以後／你不用再吃藥了」兩行，意指著「死亡」令逝者從此擺脫種種病痛對肉體的糾纏；「不用再苦苦思索／接下來的路／該怎麼走」三行，則意指著「死亡」令逝者從此遠離種種塵勞對精神的壓迫，以極為形象化的語言，既概括陳述了詩人對「死亡」之事的定義，亦即：死亡，得令逝者從生前各種難以迴避的「身」、「心」方面的痛苦壓迫中解脫出來，也是藉以寬慰著逝者及詩人自己：死亡，已令逝者離「苦」得「樂」了；且與第二段相同，這種對傷逝之情的正面色彩的點染，或許更能寫實到生者在送別死者時，那種不絕湧現並糾結於內心的複雜矛盾的情感吧？箇中的抒情張力不言而喻。

第四段、第五段的抒情基調，明顯轉為沉重，詩行間更彷彿染上了一層蒼白的顏色。第四段「『阿公去哪裡了？』／『可能變成鳥到處飛了吧？』／『或是像風

一樣，想去哪就去哪！』／大人的想像力／也只能到這裡了」五行，通過簡單的示現處理，以詩人和小孩間的對談，體現詩人對解釋「死亡」與想像「死亡」的無力，但當下真正令「大人」無力的，實則不僅僅是如何解釋「死亡」與想像「死亡」，對逝者已遠的無能挽回與深層傷痛，方是那種「無力感」的情感基礎；第五段「山頂上的風／把家人的淚水吹乾了／往前望去／整座城市／仍被困在原來的地方」五行，「無力感」繼續蔓延，屬於生者的、被風吹乾的淚水，生者所棲居的、受困原地的城市，在在能讓讀者意會到：生者的淚水已乾，但傷情猶在；逝者已經走出去了，但生者仍舊受困於傷痛與──思念之中。在此，整首詩作的抒情迎來最高峰。

末段耐人尋味。「城市的盡頭／是另一座山／那裡也有一家人／和我們對望／就像鏡子一樣」五行，為整首詩畫下一個引人尋思的句號。所謂另一座山上的、和「我們」對望如鏡照般的「另一家人」，究竟是何意呢？依「樹葬」的葬法推敲，若真存在一個居住在山上的家庭，那應是一個依自然葬法而停棲於山間的屬於亡者靈魂的家庭，那麼，詩人在此是意指著：在城市另一邊的另一座山上，也停棲著許多因「樹葬」而在山間安歇的靈魂嗎？就像在這一邊這座山上安歇的、屬於詩人之親族的靈魂一樣。又或者詩人是意指著：在這世界上，總

有其他的家庭與自己的家庭一樣，承受著親人的傷逝之痛呢？答案或許只能求諸詩人。但無論如何，詩人所設下的這層懸念，本質仍是抒情的；並且，也因為這層懸念，使得這份抒情更為悠遠、更具感染力。

整體而言，這是一首詩寫「死亡」的佳作，整首詩作在情思的表達上，也盡顯詩人隱匿的本色。一樣是平淺易懂的文字，一樣是精準又概括的對「情境」、「感受」乃至於「思考」的形象化勾勒，也始終出以一種極其冷靜、平穩的語調，營構出一種淡漠的表情姿態。然而，在淡漠的表情詩行下，所蘊蓄的、所流淌的，是一份極為深刻、綿長的傷逝之情，讀者細細咀嚼，當能有所意會。

刊登於《葡萄園詩刊》第 226 期

# 16 不存在的存在
## ——評析波戈拉：〈不在的時候〉

不在的時候 ／波戈拉

我該做些什麼或者不做
在腦袋睡著的時候
四肢持續運作
夜晚搬演白日的夢
誰來搬演我的眼睛
和耳朵，當你不在的時候

當你不在的時候
有音樂、淺薄的歌詞，與我
喝著受著悶氣的啤酒
沒有任何想法填充，生活
以及心的容器。空空的
有舊舊的溫柔
有無法解釋的事件
發生，當你不在的時候
是誰撫摸我的額頭
是什麼無孔不入
讓門彷彿透明且形同虛設
幽靈般穿牆而過

該怎麼抵抗寒冷

當你不在的時候，體熱

不再，暖和的時候

你是衣襟上那顆鬆脫

的鈕扣。再也無法縫合我

碎裂的胸口

波戈拉《痛苦的首都》

人非木石，依佛家所言，份屬「有情」眾生；且因人心之靈動性更優於萬物，「心」者有感斯應，在無有窮盡的感、應往復間，自然便「情」啟於萬端，流洩而不絕。以是故，「抒情」本是最為活躍的文學創作活動之一，最古老的戲劇作品如是，散文如是——而詩歌，自然也不例外；且在常見的抒情詩歌中，又有「（愛）情詩」的創作，無論古今中外，皆乃最容易贏得讀者共鳴的詩歌品類之一。依筆者所見，詩人波戈拉，便是一位極擅於提煉愛情詩篇的文字煉金術師，尤其擅寫「情傷」，其現有的兩部詩集：《痛苦的首都》與《陰刻》，皆堪稱是詩寫「情傷」的範本詩匯，〈不在的時候〉便是箇中佳構之一。

　　全詩首行「我該做些什麼或者不做」，已提示情傷之深重。在此，「該做什麼」與「該不做什麼」的自詰，乍讀之，似有一層淡然的情緒況味，實則包含了迷茫、空洞、蕭索與慌亂、不知所措的諸般複雜心緒，皆已隱然泛透於其間。其後「在腦袋睡著的時候／四肢持續運作／夜晚搬演白日的夢／誰來搬演我的眼睛／和耳朵，當你不在的時候」四行，詩人通過展演自我「身體」的機能失調，來形象化第一行詩──我該做些什麼或者不做──的狀態語句，賦予其微觀而生動的細節。在此，「腦袋」已睡著，四肢卻持續運作的描述，自然有違生理學通識，因為人在入眠時四肢仍能持續運作，正是因為大腦並未睡著，但詩人正是以此「反常」的狀態陳述，來初步勾勒出一幅自我之身、心整體正因情傷而失控、失調的日常生活畫卷；「夜晚搬演白日的夢」一句，進一步提示了此種失控、失調的日常，並不只發生在白晝間，就是在經已眠夢的夜裡也不例外；最後「誰來搬演我的眼睛／和耳朵，當你不在的時候」兩行，直指情傷之所由，也就是：「你」不在了。因為「你」已不在、「你」已離開，所以看不見、聽不著，箇中誰來搬演「眼睛」、「耳朵」的追問，寫盡因為無法捕捉「你」的形象、無法收聽「你」的音聲，「眼睛」、「耳朵」形同喪失機能，甚至形同與「你」同其「不在」──也就是：消失了──的精神狀態。雖寥寥數行，但情傷之深重、

心病之沉篤，已盡在其間。詩人的抒情功力，可見一斑。

第二段趁勝追擊，仍是對全詩首行——我該做些什麼或者不做——的狀態譬舉，可謂是首行的註腳詩寫。但敘寫的視野已不若首段一般微觀，僅凝視著那因情傷而失調、失控的身體，而是放大格局，開始注目並著墨那「身體」所棲居的生活場域。「當你不在的時候／有音樂、淺薄的歌詞，與我／喝著受著悶氣的啤酒」三行，續寫「你」的不在場，令詩人的生活因此空洞、生命因此失焦。獨自聆聽淺薄的流行歌曲與喝著悶酒的生活片段描繪，概括了在無法見到「你」的時空背景下，詩人如何自我排遣與轉移注意力；其後「沒有任何想法填充，生活／以及心的容器。空空的／有舊舊的溫柔」三行，追加放大了詩人內心的「空洞」感。沒有了「你」，詩人便彷彿已無法「思想」，而沒有思想地生活著，暗示了一種無魂有體、行屍走肉般的生命情態。再者，心靈的空蕩，直指著「你」的消失，令詩人的心魂彷彿遭受掏空，但即便如此，內心仍殘留了「你」仍存在時，為詩人所注入的幸福與溫暖。「空空的／有舊舊的溫柔」兩句，便是將如此複雜、矛盾又細膩的情思，傳達得靈活、概括又不著痕跡。在此，詩人的筆法雖樸素，但感染力十足。

　　進入第二段後半，整體情傷的書寫來到了高峰，詩人的傷、病徵候也最為明顯。通過「有無法解釋的事件／發生，當你不在的時候／是誰撫摸我的額頭／是什麼無孔不入／讓門彷彿透明且形同虛設／幽靈般穿牆而過」六行，詩人以類似幻覺臨現一般的情境勾勒，向讀者「不言而言」地展示了那盤據並不斷啃噬詩人心扉的深層思念。明明「你」已「不在」了，卻彷彿有人能自由穿透門扉，自由通行於室裡室外，且彷若與自己進行著各種尋常的互動。這個與詩人主體互動的、虛幻的「他者」，自然即是已不在場的「你」，然而，這個「你」，並非那形體已確然不在場的「你」，而是生根並盤據在整體記憶網絡中的、那個令詩人深深思念著的「你」。這樣的「你」，既是「不存在」的——在現實的存在場域中，卻也是「存在」的——在詩人一回回悱惻的思念與一次次固執的記憶中。這樣的「你」，於詩人而言，真可謂是一種不存在的存在。但凡體會過「思念」之滋味——特別是對經已失去之戀人的思念——的讀者，如何能不興起共感？如何能不有所共鳴？

　　進入末段後，詩人轉以最直截的抒情詩行，為全詩的情傷書寫畫下句號。通過「該怎麼抵抗寒冷／當你不在的時候，體熱／不再，暖和的時候／你是衣襟上那顆鬆脫／的鈕扣。再也無法縫合我／碎裂的胸口」六行，

詩人以「你」的「不在」繫連「溫度」喪失的意象，敍寫了那份失去「你」的深層傷痛。此中，「寒冷」的感受與「體熱」的喪失，自然都是因為「你」的離去。緊接著，詩人以「鬆脫的鈕扣」無法縫綴「碎裂的胸口」為象徵，痛陳到經已離去的「你」，已無法為詩人療傷——且歸根究柢，詩人之傷痛的所由起，正是因為「你」的離去，因此，「你」又如何能為（或：願為）詩人療癒情傷呢？整首詩作的抒情，便收結在這份無以被收攝、難以被止息的傷痛之上，善感的讀者，當能感同身受到詩人的思念之深、傷痛之深與——無奈之深。

綜觀整首詩作的抒情，詩人所使用的語言是樸素的、是平淺的，通篇讀來沒有任何晦澀之感，也沒有一句難解的詩行；詩人的筆觸也是輕盈的，一絲一縷的情感抒洩，都是寫意之筆，不見任何重筆濃墨的堆砌。但令人驚喜的是，詩作所欲傳達的情感，卻極綿長且深具穿透力，能直叩常人的心靈經驗，確實引發讀者的情感反饋。咀嚼再三，猶有餘味，是一首詩寫「情傷」的抒情佳作。

刊登於《葡萄園詩刊》第 227 期

# 17　「寂寞」的樣子
## ──評析王浩翔：〈論寂寞〉

論寂寞　　/ 王浩翔

坐著，像一句難以完成的詩句
斷斷續續摻著雜音
風經過巷尾
黑暗拜訪了街燈
一盞一盞
像生日蠟燭被吹熄


啊願望還沒來得及許下呢
算了，反正也沒有人在意


城市安靜地像篇
草草結尾的極短篇小說
只有幾個人的夢還亮著
其他的都因為暖化
而熔化了
有些還黏有想像的棉花糖
甜膩、色彩繽紛
但沒人在意

我想說說寂寞

想找個號碼撥出去

在唯一的光源裡

點亮，多少會令人溫暖的部分

但更多時候

只是坐著，什麼都不做

像一截虛線

或是一段刪節號

刊登於《吹鼓吹詩論壇 31 號：思辨變詩專輯》

就現代詩學的通識而言，一首優質的現代詩歌，通常是以「意象」為語言，以形象化的思維來開展敘事、抒情或議論。因之，對偏屬無形的、抽象的「概念」、「思想」、「意見」或「感受」、「情緒」、「情感」的表達，往往考驗著詩人運作形象化思維、從而驅使意象以表情達意的藝術造詣。就以「寂寞」這種人類慣有的存在感受而言，其作為一種「感受」乃至於「情緒」，原是於人而言的一種內在化的（同時也是：內發的）、屬於感性形式的存在之一，對任何人而言皆具有普遍性，是以在古、今詩歌中，印刻詩人之寂寞心緒的傳世篇拾亦所在多有，例如唐代詩人陳子昂那首膾炙人口的〈登幽州臺歌〉所寫：「前不見古人，後不見來者，

念天地之悠悠，獨愴然而涕下。」便是千載以下詩寫孤寂而人所週知的著名詩例。然而不可諱言，〈登幽州臺歌〉雖佳，陳子昂的詩寫卻流於直白，其抒情的方式就僅僅是——陳述，而且是直截的陳述，欠缺了一番通過形象化思維，為自我那份不僅填塞胸臆，甚至足以感天染地、沉宇鬱宙的孤寂感受提煉出精準意象的藝術鍛造工程。當然，漢語古典詩的創作，本不以意象的凝鑄作為情意傳達的重點手法，援現代詩表現的藝術標準來以今繩古，自然不必要，但若進入現代詩的詩寫領域，類此的情意傳遞手法便必然是不足的了。依筆者所見，同樣詩寫寂寞，詩人王浩翔所撰〈論寂寞〉一詩，便是一首滿足了現代詩表現技法要求的佳作。

全詩共四段二十四行，篇幅精簡，從首段伊始，詩人便彷彿化身為一名畫者，開始描繪寂寞的樣子。僅僅通過「坐著，像一句難以完成的詩句／斷斷續續摻著雜音」兩行寫「意」的畫筆，詩人便揮就了一處何其寂寥、何其蕭索的情緒空間——此一空間中，有孤身獨坐的詩人自己，也有在這寂寞的空間中斷斷續續、起伏出沒的雜音。在此，以「一句難以完成的詩句」譬況詩人的孤身獨坐，確是神來之筆，因為作為一行詩句而難以完成，不獨可以引領讀者聯想到一行詩句前無所承而後無所續的孑然、獨我的畫面，從意義上推敲，一行未完成的詩句，也難以被他人有效地接受與解讀，這正可繫聯到身而為人而無以被靠近、無以被理解的處境；而「雜

119

音」斷續出沒的聽覺點染，也更增添此中氛圍的寂然與淒清。其後「風經過巷尾／黑暗拜訪了街燈／一盞一盞／像生日蠟燭被吹熄」四行，詩人的畫筆從寫「意」轉而為寫「景」──寫深夜中的城市街巷，竟連街燈都全然熄滅的悄寂與黯晦。在此，通過「風」經過巷尾而「黑暗」便造訪的意象聯綴，詩人栩栩然地在讀者眼前勾勒出一襲夜風拂過、將街燈一盞一盞吹熄的流動畫面，而畫面收止時的全然闃黑，更深化了──也是活化了從詩作起首便一揮而就的、那寂寞空間中的寂寞氛圍。

銜接首段末尾「街燈」熄滅如生日蠟燭被吹熄的譬況，第二段「啊願望還沒來得及許下呢／算了，反正也沒有人在意」兩行，詩人以內在獨語的形式，無聲吶喊著不被任何人在意的那份孤單與寂寥。此中，詩人以「願望」的不被在意表徵詩人之整體存在的不被在意，意象的運用著實靈活、生動。第三段承接首段，繼續通過對悄寂黯晦之城市空間的描繪，烘托著蘊藏在詩人內裡的寂寞心緒。起首「城市安靜地像篇／草草結尾的極短篇小說」兩行，既繼續刻畫了黯晦深夜中城市的寧謐與無聲，也反襯了詩人內心那份無有交流、無有與談對象的寂寥與淒清的心緒。其後「只有幾個人的夢還亮著／其他的都因為暖化／而熔化了／有些還黏有想像的棉花糖／甜膩、色彩繽紛／但沒人在意」六行，詩人不再僅著墨於自我的孤寂之感，而是向外觀照了屬於人類全體的寂寞。詩人以無論人們「有夢」或「無夢」？「夢

想」是否繽紛、夢幻？率皆都沒有人在意的象徵，來擴大反映人們率皆是孤寂的，尤其——率皆是不在意他人也不被在意的孤寂存在這樣的存在現實。詩寫至此，在詩人的畫筆下，寂寞的已不僅僅是自己，而是：詩作中所著意渲染的一切已盡皆揉合成一片寂天寞地，只是詩人是以一座深夜中悄寂黯晦的城市以及——坐對這座城市無語地感受著、觀察著的自己，來形象化那片寂寞的天地。

　　第四段收結全詩，詩人將觀照的鏡頭再次移回自身的「寂寞」，「我想說說寂寞／想找個號碼撥出去／在唯一的光源裡／點亮，多少會令人溫暖的部分」四行，是整首詩作中唯一較明確的直截抒懷。詩人明確指出：自己也會想向人傾訴寂寞，也就是——想打電話找人聊天。此中，「在唯一的光源裡／點亮，多少會令人溫暖的部分」兩行，猶是形象化的描繪，詩人將也許可以撥打電話與之聯絡的友人譬況為可以被點燃的光源；再以點亮光源象徵可以稍稍溫暖寂寞心房的、撥打電話與友人通話，短短兩行間，意象的揀用著實恰當、靈活，足見詩人之詩藝的純熟。最後「但更多時候／只是坐著，什麼都不做／像一截虛線／或是一段刪節號」四行，既是全詩結尾，也是點睛之筆，更多的時候「只是坐著」的自白，將筆墨再次帶回首段即出現的、寂寞而獨坐的詩人自己，造成一種前後呼應的畫面印象，再輔以像「一節虛線」與「一段刪節號」的、極富畫面感的譬喻，

令讀者與首段即出現的、表徵詩人主體之寂寞的「坐著，像一句難以完成的詩句」，以及第三段便出現的、表徵詩人所坐對（或：置身）的外境之寂寞的「城市安靜地像篇／草草結尾的極短篇小說」的譬況層層結合，從而能更加契入到詩人所欲勾勒的、屬於「寂寞」這種感受的模樣，並且更加深層地共感到：「寂寞」是一種什麼樣的情緒。

綜觀全詩，詩人緊扣主題，詩寫著自我對「寂寞」的體會，詩人的抒情手法並不是向讀者直白地、直接地宣說寂寞，而是藉由一層一層極富畫面感的譬況與象徵，引領讀者通過詩行裡的文字，感受一連串畫面中所流泛而出的情緒，暨箇中情緒所共構而出的總體氛圍。讀者在閱讀過程中所觀想、所照見的畫面，無非盡是詩人通過詩行所勾勒出來的、屬於「寂寞」的樣子。可以說，詩人的抒情，即是屬於現代詩的典型抒情，閱讀此首詩作，不獨可以通過詩行共感到「寂寞」之為一種普遍的存在感受，亦可從中觀摩到形象化思維的運用方式，領略到意象的運用在表情達意上較諸直截的陳述而言，究竟有何高明與殊勝之處。筆者以為，確是一首值得細心品讀、再三玩味的抒情佳作。

刊登於《葡萄園詩刊》第 228 期

## 18　詩寫母土，心懸臺灣
### ——評析岩上詩兩首：〈母親的臉，懸掛著〉、〈島嶼，一粒沙〉

### 一、引言：岩上印象

　　如所周知，岩上先生作為《笠》陣營的代表性詩家之一，其畢生勤懇創作、筆耕不斷，近作《詩病田園花》一書所蒐羅者，甚至盡是他邁入八十歲以後的晚年詩作，詩人獻身創作的勤勉態度與非凡熱忱由此可見；且岩上先生不獨寫詩、評詩，同時也自覺地投入現代詩學的反省與建構，並且是以自己的詩寫工程為舞臺，躬行實踐著自我的詩學理念。在岩上先生經已出版的 11 本詩集中，讀者可以窺見其總體詩作在形式上與主題上的豐富多元，舉凡小詩、長詩、童詩、禪詩，都是詩人匠心鑽研、浸淫有成的詩歌形式；無論社會、家國、土地、都市，抑或生命、自我、疾病、死亡，也都是詩人秉其慈心、慧目，或向外照鑑，或內省自視的詩寫課題。因為如此，無論詩人、評論人或一般讀者，其接受岩上先生之詩作、契入詩人之詩心的角度就可以完全不同。以筆者而言，在岩上先生的豐富作品中，最能牽引起個人的心靈共感、激盪起個人的情志反饋的，便屬尋根母土、關懷臺灣一類的主題詩作了；且依筆者的閱讀經驗，〈母親的臉，懸掛著〉及〈島嶼，一粒沙〉兩首詩，

正是岩上先生此類作品中的深情之作。是以本文以下，便以對這兩首詩作的評析，略為展示岩上先生此類詩作的基本精神與表現手法，聊表筆者對岩上先生的敬意。

## 二、〈母親的臉，懸掛著〉：刻劃母土的傷痕

〈母親的臉，懸掛著〉一詩，於 2010 年 10 月刊登在詩刊——《臺灣現代詩》的第 24 期之中，隔年即被選入《2010 臺灣詩選》，足見該詩確為一首質地優秀的詩作；該詩其後也收錄在岩上先生於 2015 年出版的個人詩集——《變體螢火蟲》中，原詩如下：

> 母親的臉，懸掛著
> 一幅空洞的
> 山水
> 畫裡，失血的色調
> 有著命運龜裂的痕跡
>
> 歷經千百年時光隧道
> 被切割吐納的喉管，失去原初的
> 話語
> 經絡的連接，只有拖磨
> 血脈的奔流，山形海島
> 波浪柔腸，心跳的不律整，寸不斷

山坡滑走，她的田園

叛離了蒼翠眼神視線

座落的住屋失散圍牆與支架

找不到

失落的主人

形影，浮沉於大海洋中


被抽插著不明身分旗幟的母親

被強佔

呻吟

是唯一的語言


阻塞的氣血，無地宣洩

仍要活著不死

母親拖著病魔

沒有名分


　　全詩共四段二十五行，篇幅中等。首段「母親的臉，懸掛著／一幅空洞的／山水」三行，即確立全詩的詩寫基調，也就是：縮合「母親」與「山水畫」兩層意象，用以表達詩人對母土──也就是：臺灣──的深層繫念與命運觀照。首先，以「母親」喻「臺灣」，則詩人得以順勢將臺灣「擬人化」，一方面在詩行間賦予臺灣這個國家、這塊島嶼更為靈活與形象化的生命力，一方面

也投射了詩人對臺灣這個國家、這塊島嶼的主觀情感，也就是：臺灣並不只是一個國家、一塊島嶼，臺灣更是詩人的另一個母親，是詩人之生命的土地根源；其次，以「山水畫」喻「臺灣」，則詩人可以順勢進行對臺島之歷史命運的概括性描繪，也可使得讀者在領略詩人的這種描繪時，正如觀覽一幅山水畫般興起一種更為切近的感受。可以說，詩人的意象選用自有其精準與高明之處。在此，詩人形容臺灣是一幅「空洞的山水」，已表明了在詩人的觀照中，臺灣這塊島嶼乃是有所缺陷與不足的，其後「畫裡，失血的色調／有著命運龜裂的痕跡」兩行，則深化了詩人的這種觀照。山水畫有著「失血的色調」的形容，向前呼應了「空洞的山水」的定位；而有著「命運龜裂的痕跡」的附加說明，則帶出第二段中詩人對臺灣之歷史傷痕的書寫。

第二段承接首段末尾，詩人集中刻劃了屬於臺灣這塊島嶼的「命運龜裂的痕跡」。「歷經千百年時光隧道／被切割吐納的喉管，失去原初的／話語」三行，率先點出臺灣人數十年來的集體「失語」症，寫臺灣人歷經先後兩次「國語運動」的語言殖民浩劫，屬於臺灣人的原初語言——包含：原住民語、臺語、客語等多族母語——已漸漸喪失，無法被多數臺灣人宣之於口，在日常生活中如呼吸一般被揚聲、運用。在此，詩人以「母親」的「喉管」被切割來象徵臺灣人的母語喪失症，除了

形象極為鮮明之外，更彷彿為詩行間敷染上一層無形的痛感，使得歷史傷痕的書寫，具體化為一種有感的書寫，詩人運用意象的功力著實純熟、精深。其後「經絡的連接，只有拖磨／血脈的奔流，山形海島／波浪柔腸，心跳的不律整，寸不斷／山坡滑走，她的田園／叛離了蒼翠眼神視線」五行，詩人以較為晦澀的詩筆，通過一種概括式的對臺島之山川形勢變易、崩壞的形象化勾勒，指涉了臺灣人在長年的被殖民歷史下，漸漸喪失主體性認同的歷史傷痛。此中，將臺島山川的負面性更迭與「母親」身體的病變——如經絡遭拖磨、心跳不律整——相繫連的表現，仍是詩人綰合「母親」與「山水畫」兩層意象的詩寫手法，詩人之詩思的嚴謹與寫作技法的一貫，於此可見一斑。最後「座落的住屋失散圍牆與支架／找不到／失落的主人／形影，浮沉於大海洋中」四行，詩人指出臺灣這個國家、這塊島嶼已找不到自己的主人，更聲稱那位（更精確的說，應該是「那些」）主人的形影只在大海中浮沉，詩人在此所指的「主人」，自然是指擁有真切的主體性認同，自知且自覺自己便是臺灣這個國家的主人的——「臺灣人」。筆者以為，詩人藉由攸關臺灣歷史的傷痕刻劃，來詩寫著「臺灣」這位母親已喪失了自己的主人，毋寧是見及了在臺灣這塊土地上，仍有許許多多欠缺臺灣主體性認同的人吧？

　　進入第三、第四段，詩人轉以較平淺、易解的詩行，

來表達自我對臺灣之悲情歷史與根本性傷痛的理解。第
三段「被抽插著不明身分旗幟的母親／被強佔／呻吟／
是唯一的語言」四行，直指了臺灣歷史的傷痕根源無
它，即是數百年來不斷經受外來政權統治的歷史事實。
在此，詩人以「母親」的身體遭受「強暴」，來象徵著
臺灣主權遭受外來政權侵奪的歷史實況。此中，「母
親」被不同國族的旗幟「抽插」的意象，不獨鮮明地傳
達了詩人對此種殖民歷史的厭惡，也控訴了這種殖民行
徑的蠻橫與罪惡；而「呻吟」是「母親」遭強佔後唯一
的語言的象徵，則又回頭呼應了詩作前半對臺灣人母語
喪失症候群的揭露。第四段收結全詩，詩人通過「阻塞
的氣血，無地宣洩／仍要活著不死／母親拖著病魔／沒
有名分」四行，點明「臺灣」這塊土地的根本性傷痕即
是：沒有名分。在此，「母親」的氣血阻塞、「拖著病
魔」等形容，仍是第二段母體病變意象的延續；所謂拖
著病魔的母親沒有名分，則指涉著臺灣這塊土地在歷經
了數次外來政權的統治後，臺灣人遲遲無法提振起主體
性認同，共同對外爭取臺灣國族名分的歷史現狀；而此
一現狀也正是由臺灣之悲情歷史與根本性傷痛所匯聚而
來的、屬於臺灣這塊母土的總體病徵，詩人自然有見於
此，因而發為詩寫，一方面抒發自我對臺灣母土的慈心
關注，一方面也寄寓了警醒「臺灣人」應集體振作，有
朝應共同為母土療傷、為家國癒病的期許。

　　整體而言，全詩有著一以貫之的書寫策略，無論是描繪「臺灣」這塊母土的歷史傷痕、指點「臺灣」這塊母土的總體病徵，詩人都巧妙結合了「母親」與「山水畫」的形象內涵，通過對這兩種意象的綜合發揮，使得呈現在讀者眼中的歷史傷痕更加有感、總體病徵也更加立體，且箇中亦含帶著詩人情感飽滿的期許，作為一首以母土關懷為主題的詩作，確實是一首質地上乘、宜於詠讀的佳作。

### 三、〈島嶼，一粒沙〉：「我」與「臺灣」為一

　　〈島嶼，一粒沙〉一詩，於 2012 年發表在文學刊物——《文學臺灣》的冬季號中，隔年即被選入《2012年臺灣現代詩選》，其後也收錄在岩上先生的個人詩集——《變體螢火蟲》中，原詩如下：

一個人只有一具身體
兩顆眼睛
我且融入，一個島嶼
成一粒沙

世界有那麼多美麗的
風景，高峰峻嶺與稜線柔和的山林
連綿曲折的海岸

波濤洶湧的海洋
四季變化繁複的花草
以及島民的
純樸可親的面貌
也是砂

我一粒沙
這個島嶼一粒沙

太多的文物
還沒有看清楚
更多的歷史
還沒有讀完
一個人只有一對眼睛
有的人還閉著
成為風塵

人的視野那麼狹隘
面對自己出生的島嶼
兩顆眼睛
只通一顆心，能容納多少世界
還有很多人容不下
一粒沙，一島嶼

關門閉戶眼睛看不清楚
眼睛和心靈沒有通道
一通，一粒沙

　　全詩共六段三十行，與〈母親的臉，懸掛著〉一般，篇幅也屬中等。首段即宣告著詩人對臺灣母土的惓款情衷。通過「一個人只有一具身體／兩顆眼睛／我且融入，一個島嶼／成一粒沙」四行，詩人藉由對自身形軀之有限性的體認，進一步宣言到：自己願意與島嶼臺灣融為一體，作為臺灣土地的一粒塵沙。作者的這番宣言，著實深情畢現，不僅展現了詩人認同母土、親愛母土的心曲，也拋出了「小我／一粒沙」（即：詩人自己）與「大我／島嶼」（即：臺灣）本該一體無間的存在辯證與認同意識。讀者若能意會到詩行間的這層寓意，則詩人將此詩定題為「島嶼，一粒沙」的深意便不言自明了。

　　進入第二段，延續首段拋出的存在辯證與認同意識，詩人著意謳歌了屬於島嶼臺灣的各種美麗，通過「世界有那麼多美麗的／風景，高峰峻嶺與稜線柔和的山林／連綿曲折的海岸／波濤洶湧的海洋／四季變化繁複的花草／以及島民的／純樸可親的面貌／也是砂」八行，詩人歷數臺灣島上的山巒與山林之美、海岸與海洋之美、四季與植被之美、島民的純樸之美，且更重要的

是，詩人強調了這一切一切有形與無形、具象與抽象的美，無一不是融攝在「島嶼／臺灣」這個「大我」之中的「沙粒」，也就是──「小我」。但讀者不應誤以為詩人在此竟有貶低「小我」而獨尊「大我」的意思，詩人在此真正想傳遞給讀者的精神應是：沒有各種或有形或無形、或具象或抽象的「沙粒／小我」，便無以共構那各種「沙粒／小我」所棲居、寄形的「島嶼／大我」──也就是「臺灣」，因而，同樣身為「沙粒／小我」的所有「臺灣人」們，更應從根本上廓清自我的國族認同與土地認同，從而錨定自我的身份意識，不再遭受來自過去、甚至一直頑固糾纏到現在的各種認識上的障礙與迷霧──如：外來政權一直想灌輸給「臺灣人」們的祖國意識──所遮蔽。所以緊接著這份隱而不宣的期許，詩人以第三段的兩行：「我一粒沙／這個島嶼一粒沙」，面向讀者以身作則了這種清明的、堅定的，對母土與自我之國族身份的認同意識，亦即：我就是一個臺灣人，一個臺灣島上的臺灣人。

有別於詩作前半的堅定宣言，通過全詩的後半三段，詩人對臺灣島上那類至今無以振起清明的、正確的認同意識的人們進行了檢討。在第四段「太多的文物／還沒有看清楚／更多的歷史／還沒有讀完／一個人只有一對眼睛／有的人還閉著／成為風塵」的七行詩句中，詩人首先指出：這類人們的一大問題是，對於自家母土

的文物、歷史並沒有正確且足夠的認識，甚或是——根本選擇閉目塞聽，不願意接收有關臺灣母土的歷史知識。在此尤須注意的是：詩人匠心獨運地以「風塵」一詞為這類人的身份認同作定位，與心中具有清明的、正確的身份認同的臺灣人相比，這類人猶如一粒粒始終浮盪在空中隨風飄擺的「風塵」，與所有經已認同臺灣母土，因而是著陸（歸根）於母土、融合於母土的「一粒沙」們相比，箇中涵義自是不同，讀者應善會。詩的第五段則深化這種檢討，詩人以「人的視野那麼狹隘／面對自己出生的島嶼／兩顆眼睛／只通一顆心，能容納多少世界／還有很多人容不下／一粒沙，一島嶼」六行，直指這類人們更應檢討的心態還是：他們的視野與心胸過於狹隘，狹隘到甚至容不下實際生養自己的、那以「臺灣」為名的國家以及——以「臺灣人」為名的國民。詩人的這種現實觀照，自然是敏銳的，因而筆下所發出的檢討，也是一針見血、擲地有聲的。第六段收結全詩，詩人以「關門閉戶眼睛看不清楚／眼睛和心靈沒有通道／一通，一粒沙」聊聊三行，除了簡潔有力地再次直指這類人們的閉目塞聽，不願正視生養自己的母土、認同生養自己的母土之外，也發出對這類人們的期許，期許著他們願意張開眼目、敞開心扉，將眼下生養自己的這片母土映入眼簾、藏諸心房，詩人認為：當眼睛與心靈間的通道有效聯通，則這類人們也終將成為歸根母土的、與「臺灣」融為一體的「一粒沙」，也就是——「臺灣人」。這份期許的心意，自然也是真切的、動人的。

　　整體而言，全詩的詩旨明確，詩人以「沙粒」喻己身，以眾多「沙粒」所歸根、著陸的「島嶼」土地喻臺灣，明確宣言著自己乃與「臺灣」一體無間的「臺灣人」，其展示自我國族暨身份認同的姿態既深情且堅定，為整首詩作蘊蓄了足以動人的力量；詩中對至今無以認同「臺灣」、甚至容不下「臺灣」與「臺灣人」的群體雖然發為檢討，但仍不忘期許其有朝能開張心目，與詩人及所有「臺灣人」們一同認同臺灣、融入臺灣，這份懇切的心懷，同樣有著感染人心的力量。通篇讀來，有深情、有辯證、也有省思，確是詩寫母土關懷的佳作。

## 四、結語：以真情灌溉的島嶼詩花

　　綜觀〈母親的臉，懸掛著〉與〈島嶼，一粒沙〉兩首詩作，筆者以為，岩上先生在詩歌表現技法方面的純熟造詣自然無庸置疑，其揀取以表徵母土「臺灣」或「臺灣人」的意象——如：表徵「臺灣」的母親、山水畫、沙粒所歸附的島嶼土地，以及表徵「臺灣人」的、歸附臺灣母土的沙粒——率皆形象鮮明又不流於晦澀，使讀者易於索解意象內裡所託寓的真意，對有志於從事詩歌創作或評論詩歌、研究詩歌的人而言，岩上先生的這類作品，自然具有深入揣摩與細辨精析的研究價值。但筆者以為，岩上先生這類詩寫母土關懷的主題詩作最

能感動於讀者的，實則仍是作品中所寄寓的，那份屬於臺島詩人的、對臺灣母土的深切繫念與疼惜，當然也包括——因於那份繫念與疼惜的心意所油然生發的、對臺灣人民應廓清自我國族認同與身份認同的熱切期許。因而在筆者有限的閱讀經驗裡，岩上先生的這類詩作，實則都是一朵一朵由詩人以滿腔熱愛母土的真情所灌溉而來的詩歌花蕊，它們的芬芳與美好，必將繼續在屬於臺灣文學的廣闊土壤上流泛、散播，值得所有熱愛詩歌、熱愛臺灣母土的讀者們來一同親炙，一同加以採擷與品味。

刊登於《臺灣現代詩》第 64 期
收錄於《捕捉時代，詩語言的能手：岩上紀念文集》

# 19 「愛」的死亡預想
## ——評析楊佳嫻：〈五衰〉

五衰 ／楊佳嫻


當我死時，你不在我身旁

彷彿陳子昂

長安街頭擊碎的琴

剎那雷響

星圖穿出我們飽滿的瞳孔

千里江陵，一頁書就可以說盡

再沒有人反覆打開信件

追索心的軌跡

當我死時，衣服萎蔽

月光閉關不出

不被眷顧的肉體隱居在經典

如是我聞如是我所哀歌者

在眾燈之後被遺忘

當我死時，身前身後

行人於春山外替名字鍍墨

頂禮一首詩或一段軼事

沿雕像滑落的從來都

不是眼淚，當我

當我死去如南移的冰山

雲圍繞著棺槨開放

歷經不同的家譜不同的世系

黑衣的鵲鳥們模仿你吟哦

年少的花冠啊遺失在荒廢的階陛

你不在我身旁。你在愛情的威尼斯裡

撐篙，渡水，彎腰行過

我未曾得見的每一座拱橋

當我死時

你的催眠中我將不再甦醒

不笑，不皺眉，不為誰偏執

沉靜如聆聽雨聲的僧人

在落葉中坐化

楊佳嫻《屏息的文明》

　　此詩題為「五衰」，詩人的所思所想，是關於「死亡」，也是關於──「愛」。具體而言，詩人通過整首詩作所演示的，是一場關於死亡的預想，其預想著：當自己死亡而與心中牽掛著的伊人天人永隔時，在身死當下及身後可能遍歷的各種身、心遭遇。從詩題「五衰」來推想，詩人對整首詩作的意涵乃至寫作形式的安排，

發想來自於佛教。佛教有「天人五衰」的構想。所謂「天人」乃指在輪迴「六道」（即「六趣」。但在部份佛教經典中，亦有認為僅有輪迴「五道」，也就是僅有「五趣」者）中居於三善道之首位的「天人」，又有「天神」、「天眾」等別稱，他們棲居於諸天界中，雖然份屬「有情」，但擁有神通、大能。在佛教的構想中，即便是居於天界、擁有神通的「天人」，一樣會遍歷生死輪迴，並且——「天人」在面臨死亡時，會出現「大五衰」、「小五衰」等徵象。「大五衰」乃指「衣服垢穢、頭上華萎、腋下汗流、身體臭穢、不樂本座」等五種階段性徵象；「小五衰」則為「樂聲不起、身光微暗、浴水著身、著境不捨、身虛眼瞬」等五種階段性徵象。詩人寫作此詩並以「五衰」命題，其靈感應即導源於佛教的這種構想。全詩共三十一行，雖寫作上不事分段而一氣呵成，但依詩題「五衰」尋思，但凡出現「當我死……」（其中四次是「當我死時」，一次是「當我死去」）的詩行，其以下即是一個情思陳述的小段落；而這樣的小段落共有五個，則此詩所謂「五衰」，應即與這五個段落相吻合。

起首八行即是一個小段落，詩人以「當我死時，你不在我身旁／彷彿陳子昂／長安街頭擊碎的琴／剎那雷響／星圖穿出我們飽滿的瞳孔／千里江陵，一頁書就可以說盡」六行詩句，開啟了全詩的死亡擬構。第一行即帶出了詩人所構想的身死情境，是所牽掛的伊人並不在

身邊的場景，故而旋即以唐代詩人陳子昂在長安街頭擊碎的那把胡琴自比，點染出其身死當下的寂寞心緒。陳子昂長安碎琴的典故，原是一段懷才不遇的詩人，靈機一動，藉當眾擊碎百萬名琴以震動視聽，從而才名大噪、文聲顯揚的佳話，但詩人別出心裁，以那把被擊碎的胡琴為意象，巧妙的為全詩的死亡書寫染上一抹孤寂的色調。其後，「星圖」能於一剎那間在正經歷死亡者的雙瞳中展佈、一張書頁便可寫盡千里江陵的意象，形象化地且是──唯美地擬構了在身死當下於亡者心裡、眼裡一閃而過的，那有類於人生跑馬燈的一瞬之間的意識狀態。其後「再沒有人反覆打開信件／追索心的軌跡」兩行，以生前信件的不再被人開啟、閱讀，概括了亡者於身後漸漸被人們──特別是，其牽掛的伊人──所淡忘的孤殤心緒。

其後「當我死時，衣服萎蔽／月光閉關不出／不被眷顧的肉體隱居在經典／如是我聞如是我所哀歌者／在眾燈之後被遺忘」五行，續寫身死之後的葬禮場景。其中「衣服萎蔽」、「月光閉關不出」的描繪，或乃脫胎於「大五衰」中的「天衣汙垢」與「小五衰」中的「身光微暗」，要之是概括亡者之形容與外觀的凋萎情況，並以月亮竟因之退居天幕的意象，傳達對生命衰亡的慨歎。其後「不被眷顧的肉體隱居在經典／如是我聞如是我所哀歌者」兩行，則以肉身隱居於佛經文字及梵唄聲中的意象，概括示現了亡者於喪禮現場中浸沐於各項宗

教祭儀中的制式環節。最後以「在眾燈之後被遺忘」一句，預想了身後終究被人們所遺忘的必然與淒然。緊接著這番對喪禮場景的擬構，詩人繼續以「當我死時，身前身後／行人於春山外替名字鍍墨／頂禮一首詩或一段軼事／沿雕像滑落的從來都／不是眼淚……」五行詩句，將擬構的場景飛躍性地帶到亡者埋身的墳塋之處。在此，人們於山上替亡者鐫刻名姓的意象，寫人們為亡者立墳、建碑、題名的常態儀式；人們頂禮亡者遺作（一首詩）或緬懷亡者生前軼事的意象，則寫人們對亡者的追思；最後「沿雕像滑落的從來都／不是眼淚」的說明，則向前呼應了亡者終將「在眾燈之後被遺忘」的慨歎，寫真著人們對亡者傷逝的哀情，亦終將隨著時間的流逝而漸趨淡漠、終至歸無。

　　進入全詩後半，詩人的擬構與抒情有了明顯的轉折，在抒情的表現上也加重渲染了對心中之伊人的繫念。詩人首先以「當我死去如南移的冰山／雲圍繞著棺槨開放／歷經不同的家譜不同的世系」三行，擬構了亡者於身歿後遍歷輪迴而後漸臻寂滅的境界遷換。冰山南移的意象，不獨寄託了時、空處境位移的意指，同時也隱含了堅冰漸次消融的意象，進一步繫聯了更為深層的，在生命品質上有所變易、昇華的深意。緊接著詩人以「黑衣的鵲鳥們模仿你吟哦／年少的花冠啊遺失在荒廢的階陛／你不在我身旁。你在愛情的威尼斯裡／撐蒿，渡水，彎腰行過／我未曾得見的每一座拱橋」五行

詩句，更斷然且直接地向讀者展示了：唯一能使亡者於身後有所眷戀且執著的，唯是那從自我身死當下便不在身旁的伊人。進一步地，詩人預想著在自我遍歷輪迴且漸臻寂滅的時、空旅程中，他那心心念念的伊人也將同時在屬於他的一次次時、空旅程中，品味著一段一段不同的戀情。此中，詩人先以黑色鵲鳥群的啼聲，帶出鵲橋相會的意象，箇中所繫聯的不僅僅是愛情，亦是堅貞不移的、屬於愛情的盟誓，但隨後鵲橋階陛的荒廢及其上遺留著年少花冠的意象，則暗示了在詩人的預想中，一旦身歿而陷身輪迴的機制，則其生前與伊人間的愛情盟誓，也終將物換星移，堅貞不再。

銜接那份對愛侶間的堅貞盟誓終將湮滅於輪迴的預想，詩人以「當我死時／你的催眠中我將不再甦醒／不笑，不皺眉，不為誰偏執／沉靜如聆聽雨聲的僧人／在落葉中坐化」五行收結全詩，並將全詩的整體抒情帶入另一種思想高度。此中，在催眠中永不甦醒的意象，呼應的即是佛教修行者所畢生追求的、那證空而寂滅的（也稱：涅槃、滅度）境界，意味著從此能超脫生死、不墮輪迴；不笑、不皺眉且不為誰偏執的表情語句，則直指了造臻此一階段時，亡者對全詩此前所心心念念的那份「愛」與那個——「你」，經已無所執著、了無繫念，於是乃能如聆聽雨聲而入定的僧人一般，坐化而去。

　　閱畢通篇，則讀者應知，詩人所書所寫雖是對一己之死亡的預想，但其所欲表達的「死亡」想像，卻不單單僅是一己作為一「肉軀」、一「生命」的物理性死亡，更同時是其縈懷在心的那份戀戀不捨的「愛」的漸次殞滅暨──最終的放下與超越。換言之，詩人所預想的，亦即是在其詩寫當下的、那份鏤心之「愛」的抽象性死亡。但比諸佛教原始的「五衰」構想僅及於對「天人」之生命衰亡的編派與想像，詩人所擬構的死亡──特別是那份「愛」的死亡，卻不僅僅是消極的消失與歸零而已，而是帶有宗教解脫意味的，對一己情執之本質的、洞悟後的了然與無執後的超越。若說「愛」的終將消散是「死亡」，則對於「愛」的主觀超越與無執，實則便是另一種形式的「新生」了！因之，此詩的書寫是抒情的，但也是富含哲理的，更精確地說，是始於抒情而終於哲理。可以說，詩思的深刻即是整首詩作的根本殊勝之處；再加上詩人聯綴意象的功力極為精深，意象揀用的眼光也極其獨到，使整首詩作的情思表達，率皆伴隨著極其精雕細琢且精緻唯美的思維景觀，令讀者在品味此首詩作時，不獨能領受到詩人深刻而婉轉的情思，亦且能不斷獲致直截的、有感的美學體驗。整體而言，是一首耐人咀嚼且飽滿哲理的情詩佳作。

刊登於《葡萄園詩刊》第 229 期

# 20　詩寫湖中春天
## ——評析阿布：〈生態學〉

生態學　／阿布


無人在場的春天
一座湖
風經過就笑起來
養出多少
魚尾紋


那些魚
平時棲息在夢裡
以藻類為食
會在有陽光的日子
隨著千萬根發亮的釣線
浮出水面


被水波篩選過的
破碎的陽光
跌落湖底
成為水藻
用最大的溫柔

滋養著

淺綠色湖的夢境

神靜靜睡在這裡

一個無人在場的春天

不為了誰而命名

自己就是自己

豐饒自足的生態系

阿布《此時此地》

收錄於《2016 臺灣現代詩選》

　　自中國古典美學而論，先秦時期出現的《莊子》一書，早就揭櫫了「天地有大美而不言，四時有明法而不議，萬物有成理而不說。聖人者，原天地之美而達萬物之理。」（〈莊子・知北游〉）的自然觀照，從而被提煉為道家藝術精神的總提綱，並隨時光荏苒，蔚為中國古典自然美學的大流，引導後世無數詩、文名家們或有意擷取、或無心偶拾，總能汲取自然之美的無盡藏，滋養了一株又一株詩、文創作中的美感花蕊。中國古典詩、文中的傳世雋語，如李白所言「清水出芙蓉，天然

去雕飾」（〈經亂離後天恩流夜郎憶舊遊書懷贈江夏韋
太守良宰〉）、「陽春召我以煙景，大塊假我以文章」
（〈春夜宴桃李園序〉）；又如理學家程顥所言「萬物
靜觀皆自得，四時佳興與人同。道通天地有形外，思入
風雲變態中」（〈秋日偶成〉），無非皆是此種自然美
學的油然體現。時至今日，無論在東方或西方世界的知
識圈中，生態議題與環境倫理早已成為知識份子們的常
識底蘊與普遍關懷之一；在屬於文學、藝術的圈子裡，
不獨「自然書寫」、「生態文學」成為近十數年間文人
墨客們的創作題目，以各種大自然環境及生態因子作為
主命題或創作素材的藝術造物同樣不勝枚舉、迭出不
窮。可以說，所謂「自然」、「環境」或說──「生態」，
原是這個世紀間屬於全球知識人與藝文份子們的普遍關
懷的熱點，這是無庸置疑的。詩人阿布寫作〈生態學〉
一詩，就其整體詩寫的內容及精神旨趣來看，亦可放諸
這樣的人文背景來加以審視、予以品讀。


　　全詩四段二十三行，是一首篇幅精簡的短帙。首段
托出全詩敘寫的空間與時序，詩人以「無人在場的春天
／一座湖／風經過就笑起來／養出多少／魚尾紋」五
行，聚焦全詩敘寫的主場景──一座「湖」，並點出所
敘寫的季節乃是「春天」。所謂「敘寫春天裡的一座
湖」，可以是「實寫」──也就是整首詩作真的是以詩

人在春日裡臨訪的一座湖泊作為詩寫的對象；但也可以是「虛寫」——也就是整首詩作並非真的在詩寫一座詩人確曾於春日裡臨訪的湖泊，只是藉示現春天裡的一座湖泊及其相關物事來象徵詩人心中所要傳達的情思。但無論是實寫還是虛寫，「春天」意象在此處的揀用都堪稱是匠心獨運的詩筆。以季節意象而言，「春天」直接內涵著「生生」、「生機」或「生命」的意蘊，因為春天是繁然萬有在歷經凜凜嚴冬的肅殺後，重又甦醒暨展開孕化之事的季節，因而詩人在此揀用「春天」的意象來定位全詩敍寫的時節，即是有意藉「春天」之「生」來繫連詩題裡的「生態」之「生」，從而，整首詩作雖題為「生態學」，但「生生」、「生機」與「生命」方是整首詩作所著意發揮的隱題。其後詩人以當一陣「風」途經春天裡的湖泊，湖泊便以「笑容」養出「魚尾紋」的巧妙詩筆，生動地勾勒出春風拂過湖面引起陣陣漣漪的寫意的、同時也是飽含喜悅的畫面。此中，以「魚尾紋」隱喻漣漪波痕、以「笑容」暗示空間情緒的表現，確實令人讚賞；「魚尾紋」一詞的揀用，更有直接提掇出第二段之詩寫空間的修辭作用。

進入二段，詩寫的空間從第一段的「湖面」位移至湖面下的「湖中」，並將詩寫的對象聚焦在「湖中」的魚群身上。通過「那些魚／平時棲息在夢裡／以藻類為

食／會在有陽光的日子／隨著千萬根發亮的釣線／浮出水面」六行，詩人以詩意飽滿的詩性敘事，寫湖中魚群因趨光的本能，受白晝日光的牽引而浮游於水面的自然景觀。此中，起首的「那些魚」一句，直承第一段末尾的「魚尾紋」一句，使得第一、第二段間形成一種詞彙意涵上的類頂真形式，從而，第一段末尾的「魚尾紋」一句雖是實寫湖面漣漪的波紋，但因詞綴之「魚」字在詞義上的內在嵌結，於詩人的構想中便適足以帶出第二段的主要詩寫對象——「那些魚」了，詩人之詩思確實別出心裁。其次，詩人已初步援「夢境」的意象為喻，試圖聯結那由綠色藻類織就而成的湖中空間。此一隱喻在第二段中僅是初步提揭，整個隱喻的全貌將在第三段中堂皇現身；最後，以「釣線」比喻那照臨並穿透湖面、射入湖內之絲絲光束的工筆描繪，亦足見詩人之運作形象化思維，確有其精熟與獨到之處。

第二段中另有一處應與第三段的詩寫合看的思想伏筆，那就是：第二段已不著痕跡地托出湖中之「魚」以「藻類」為食。這處伏筆的深意在第三段中將得到解答。第三段續寫「湖中」那由綠色藻類織就的如「夢」空間，且詩寫的對象直接落在「藻類」身上。詩人以「被水波篩選過的／破碎的陽光／跌落湖底／成為水藻／用最大的溫柔／滋養著／淺綠色湖的夢境」七行，著意詩寫水

中藻類以射入湖水中的陽光為食，陽光等於是滋養著湖中綠色環境的養份。此中，「湖水篩揀陽光」、「陽光破碎跌落湖底」以及「陽光以溫柔餵養湖中綠色夢境」的層層意象，再次展示詩人運作形象化思維的功力。那本是極為尋常的水藻吸收陽光之事，通過詩人彩筆的轉化，竟能展現出恁般靈動、活潑的畫面感，詩人的才情由此可見。並且，湖中水域乃是夢境，而夢境乃由綠色藻類所織就的隱喻，也在第三段中得到完整的發揮。更重要的是：結合在第二段中已初步托出的湖中之「魚」以「藻類」為食的思想伏筆，此段進一步又帶出「水藻」乃射入湖中的陽光所化，於是，全詩至此乃完成了一個極概括且簡易的食物鏈輪廓，亦即——「魚」以「綠藻」為食，「綠藻」以「陽光」為食。閱讀至此，思想較為敏銳的讀者亦應能豁然地解讀出：自全詩首段便著意紋寫的那文學空間——「春天裡的一座湖」，實則即是在詩人的睿智觀照與著意構想下，由「魚」、「光」、「藻」三者所共組而成的一處生機盎然、生生不息的小生態系。

第四段緊承第三段的詩思，詩人以「神靜靜睡在這裡／一個無人在場的春天／不為了誰而命名／自己就是自己／豐饒自足的生態系」五行，對此一小生態系進行了較直截地、同時也是欣悅地謳歌。從「神靜靜睡在這

裡」一句，已盡顯詩人對天地造化之神妙的讚嘆。詩人憑藉「神」就睡在春天裡的這一座湖的意象，通過詞義上的聯結、暗示，將整處小生態系的「生生」之神、「生化」之妙，謳歌得既極致、生動卻又淡然、輕盈，確是謳歌、讚嘆，卻能不讓讀者感覺到是刻意的謳歌、讚嘆；進一步地，從其後「一個無人在場的春天／不為了誰而命名／自己就是自己／豐饒自足的生態系」四行詩句，讀者當能恍然體悟到：從全詩起首便帶出的詩行——「無人在場的春天」一句，原來即是詩人對整首詩作所著意絞寫的那文學空間，也就是那「春天裡的一座湖」——也就是那由「魚」、「光」、「藻」三者所共組而成的自給自足的小生態系——所進行的詩性命名。在命名中揀用「春天」，即是象徵著小生態系中的「生生」、「生機」與「生命」的意蘊；且更重要的是，特別命名為「無人在場的」，一來傳達了在此一小生態系中的生生之事，原是自然而然的，能在不知不覺間自營自運、自生自化著，不須任何外在事物的推動、主導，更不需任何人的照看與干擾，這不正是大自然中所有生態圈子的最天然、最純粹也最本真的運作樣貌嗎？二來也應是寄寓了詩人對人類群體的整體生活方式與生存行徑對大自然的原初生機所慣常造成的破壞與阻礙，所油然生發的反省與檢討吧？也就是說：無論是什麼樣的生態空間，想在箇中繼續「生生」之事，想不斷延續箇中

「生機」、孕化箇中無窮的「生命」,便必須——「無人在場」,這也許是人們非得嘆息地承認且謙卑地自覺的大前提。

　　整體而言,全詩有著嚴謹、深刻並一以貫之的詩思,但詩人能僅以四段二十三行的精簡篇幅加以完成;且在四個段落的詩思呈現中,詩人不僅做到了以畫面的點染、敘寫代替直截的思想陳述,充分展現了意象運用的天份與功力,詩思伏筆的埋設與整體詩思的前、後呼應,包含——搭配敘寫節奏層層托出全詩思想暨反省的表意安排,也足以帶給讀者們一番抽絲剝繭後恍然大悟的閱讀樂趣。就筆者來看,是一首既洋溢著形象化思維的美學魅力,又能帶給愛詩的讀者們一番深刻的智性反饋的哲理詩佳作。

刊登於《葡萄園詩刊》第 230 期

# 21 願「秘密」不再需要是「秘密」
## ——評析詹佳鑫：〈秘密廁所〉

秘密廁所 ／詹佳鑫


世界最光亮的地方莫過於
一間廁所，衛生紙藏起忍耐的痕跡
謠言尾隨影子疲倦暈眩，越走越輕
辨識牆上同樣單薄的族裔——
淺藍長褲，粉紅短裙
三張臉面無表情，共同遮掩
歷史下半身的秘密
意外交會在我歧義的身體
我知道萬物的排泄與清潔
總是同時發生，正如拖把、水桶與鐵夾
在此有了全新的功能
陽光恍惚離開小窗
鏡子沉默爬滿水漬
難以照見眼淚的真相


我打開一扇潔白的門
安置自己，還有一點時間
可以在此存放秘密
當我埋頭抱膝，我便擁有一種防衛的姿勢
在許多遙遠的廁所裡

和一群失語的人蜷縮蹲踞
聽見恐懼被捲入渦流的聲音
隱隱共鳴，在地下水道安靜蔓延
孳生黑色的細菌

而我終究是乾淨的
有禮地經過粉藍與粉紅，敲敲門
重複熟悉的動作：我知道有一天
他們會交換更多衣服，混搭顏色
他們會在世界某處微笑牽手
就像我知道有人會在外面等我

詹佳鑫《無聲的催眠》
收錄於《2018 年臺灣詩選》

「詩」者，無論古典詩、現代詩，抑無論本國詩、世界詩，「抒情」總是表意面向的最大宗。但詩歌的抒情表現，有平庸、有高明，高明者不單單僅是情感的流露或情緒的抒發，而是進一步能於詩作的抒情進程中或隱寄期許，或兼及省思、眩羅批判。擅長處理同志情感的青年詩人詹佳鑫，其寫作〈秘密廁所〉，抒情便是高明的，詩寫的主題則是極具議題性的「跨性別者」（transgender）──或說：「性別酷兒」（genderqueer）

──的處境及難於對外人言述的心曲，讀之不獨引人深切共感，抑且能延伸反省，引領讀者們一同思索齊心合力、共築一性別平等暨性別友善之社會的必要性。

　　全詩三段二十九行，篇幅中等。詩的一起首便破題，詩人以「世界最光亮的地方莫過於／一間廁所，衛生紙藏起忍耐的痕跡」兩行，為讀者匯焦了全詩詩寫的主鏡頭──一間「廁所」，並於其間初步埋寄了諷喻及一種無奈的情感色調。「廁所」怎麼能是「世界最光亮的地方」呢？廁所作為一種不可或缺的生活場域，其主要功能無它，便是掩飾人們的便溺之事，以及──為從事便溺而非得寬衣解帶、坦露身體──尤其是：私處──的必要行為，所以，廁所不能是、也不該是「世界最光亮的地方」。那麼問題來了，為什麼對詩人筆下的主人公──「我」而言，廁所竟是「世界最光亮的地方」呢？答案無它，即是：屬於「我」的、特異的性別身份／性別認同所致。正因為「我」的性別身份／性別認同不見容於真正敞亮的、「廁所」外的「正常」的世界、「傳統」的社會，棲身其間的「我」，感受到的自然不會是光亮與接納，而是陰暗與拒斥，甚至更多的是──歧視與霸凌。因此，「廁所」之於「我」便成為一個既可以於其中「隱藏」──也是：「躲藏」──自我，但又能於其中不再「隱藏」自我之性別身份／性別認同的處所。因之，「廁所」既是所有現實生活中的「我」們的生活空間之一，亦是收納「我」們之所有情感生發暨心理反應

的情緒空間。在此，「衛生紙藏起忍耐的痕跡」一句，暗示了「我」避身廁所時慣有的「哭泣」，與落淚而後拭淚的悲傷、卑微暨隱忍、不幸。詩句簡明，卻蘊蓄了極為強大的抒情後勁。

其後「辨識牆上同樣單薄的族裔——／淺藍長褲，粉紅短裙／三張臉面無表情，共同遮掩／歷史下半身的秘密／意外交會在我歧義的身體」五行，詩人通過素描「廁所」的外部特徵，同步進行了對「我」——也就是一「跨性別者」——之性別身份的辯證與定位。所謂牆上「單薄的族裔」，指涉的即是由廁所外以「淺藍長褲」之圖像符號表徵的「男性」性別身份，以及以「粉紅短裙」之圖像符號表徵的「女性」性別身份，這是存在於一般世俗間的，人們最熟悉也最習慣的二元性別劃分。詩人將之形容為「單薄的族裔」，箇中自然寄寓了一種「估值」的評價意味，言之為「單薄」，實則乃批判其「淺薄」、「貧血」與「不足」。其後，詩人以「三張臉」指涉「我」與「淺藍長褲」表徵的「男性」、「粉紅短裙」表徵的「女性」所代表的三種性別身份／性別認同；「歷史下半身的秘密／意外交會在我歧義的身體」兩行，則較明顯地點出詩寫的主人公——「我」，便是一位無法以「男性」、「女性」之二元性別劃分來收編、界定其性別身份的「跨性別者」。至於「歷史下半身的秘密」意指的自然即是「我」的天然性徵，其後詩人以「意外交會」及「歧義」兩種話語，進一步修飾「我」的身體

內涵，這即是在象徵著「我」之性別身份的「男」、「女」互融、交涉，或者說——越界、跨界。要之，詩人乃在強調：對「我」而言，天生的性別徵象所傳達的性別印象，與自身真正認同的性別身份，是兩不相容、相互牴牾的，如此，方可以言「歧義」，以及「歧義」中的「意外交會」。詩人之提煉詩寫的語言，確有其精審、細膩之處。

　　其後表情的基調急轉，詩人以「我知道萬物的排泄與清潔／總是同時發生，正如拖把、水桶與鐵夾／在此有了全新的功能」三行，為全詩的整體抒情注入了一股深具「控訴」意味的發聲。詩人控訴到：「廁所」不獨是「我」們隱藏／躲藏真實自我的空間，同時也可能是遭受他者霸凌的、人際之煉獄的所在。在此，詩人先以萬物的「清潔」及「排泄」二者始終同時發生的意象，繫聯了性質極端悖反之事物慣常並生、共存的哲思，緊接著旋即以「拖把」、「水桶」、「鐵夾」在廁所內擁有新功能，暗示著「我」們在現實生活中雖已被迫退避到「廁所」這個情緒空間中自我隱藏／躲藏，卻也是在這個空間中，可能遭受著他人的欺凌。在那些不堪的過程中，「拖把」、「水桶」、「鐵夾」便是一改自身原本的洗淨廁所的功能，搖身一變為欺凌者們執以施暴暨凌辱「我」們用的工具。此中「拖把」、「水桶」及「鐵夾」等物事的舉隅，都是以「部份」代替「全體」的「借代」手法，三者所真正指涉的，其實都是

「廁所」本身。其後詩人以同樣的修辭手法，繼續了、也是結束了首段的抒情工程。在「陽光恍惚離開小窗 / 鏡子沉默爬滿水漬 / 難以照見眼淚的真相」三行中，「小窗」原是接引「陽光」的通口，亦即——「廁所」之為「世界最光亮的地方」的關鍵裝置，在此詩人便是以陽光竟會恍惚離開小窗的、性質悖反的畫幅，敷染了「我」們於廁所中遭受霸凌時的無助、無告與無奈的心緒；原該替避入「廁所」的「我」們照映真實自我、甚至是：照映霸凌現場之真實罪惡——亦即是：「我」們緣何竟於「廁所」中暗自落淚之真相——的「鏡子」，當下卻是「沉默」、卻是「爬滿水漬」的意象，則控訴到在「廁所」中一再發生的霸凌罪惡，無法被昭示、被證實的現實困境。同樣的，「小窗」、「鏡子」本質上都是「廁所」全體的「借代」，與「拖把」、「水桶」及「鐵夾」等物事一樣，都是詩人欲告訴讀者：「廁所」雖是「我」們平時隱藏 / 躲藏真實自我的情緒空間，但同時也是炮製了並隱藏了「我」們所遭遇之霸凌罪惡的煉獄深淵。可以說，詩人的詩思確實極為敏銳、細膩，且詩人於此短短三行中所勾勒的意象世界，率皆內蘊著極為蕭索的意緒氛圍、極為悲戚的情感色調，語言雖淺近，情緒的感染力卻十分深刻、十分強大。

進入第二段，起首「我打開一扇潔白的門 / 安置自己，還有一點時間 / 可以在此存放秘密 / 當我埋頭抱膝，我便擁有一種防衛的姿勢」四行，詩人將詩寫的鏡

頭進一步推近，全然聚焦在躲藏於「廁所」中的「我」身上。箇中所言的、「我」所存放的「秘密」，自然是指「我」的性別身份／性別認同；而後詩人以極概括的詩筆，點染了「我」埋頭抱膝、蹲踞在廁所隔間中的姿勢，這種孤身隱藏時自然呈現的姿態，雖可名為「防衛」，但，畢竟是一種「消極」的「躲避」，卻也正因為如此，詩人揀用「防衛」一詞，更能反襯「我」的真實心緒，並使詩行間隱隱然漫溢著更為深澈的無奈、無告與無助的氛圍。其後「在許多遙遠的廁所裡／和一群失語的人蜷縮蹲踞／聽見恐懼被捲入渦流的聲音／隱隱共鳴，在地下水道安靜蔓延／孳生黑色的細菌」五行，詩人第一次直指著屬於「我」的遭遇與心境，是具有普遍性的，是一群同樣因於性別身份／性別認同而恆久遭受社會側目、拒斥乃至壓迫的人們的共同處境。也因此，這世上不只有一個「我」，也不僅只有一間「秘密廁所」，這些一個個的「我」們，同樣都蹲踞在廁所中，孤獨地、無助地忍受內在的恐懼。在此，詩人以「恐懼」被排泄進便斗、馬桶而後沖進下水道的意象，表面上寫「我」們將一己的「恐懼」釋放並傾瀉在「廁所」這個情緒空間中的情景，但實則「恐懼」並不會因此消失，「恐懼」的情緒與感受只是在「廁所」這個空間中不再被壓抑而已，釋放之後仍會繼續被保存、被累積，持續疊加在屬於「我」們的靈魂之中。「恐懼」被捲入渦流後，在下水道中無聲蔓延並繼續滋生細菌的意象，所寫者即此。依筆者所見，通過這五句詩行的詩寫，詩人極

有力地展示了自己經營意象、運作形象化思維的純熟功力。

　　第三段收結全詩，首句「而我終究是乾淨的」，又一次製造抒情的轉折，且情感的色調轉陰鬱為明亮。所謂「我」是「乾淨的」的自剖，寫性別身份／性別認同特殊的「跨性別者」並不「髒」。這是詩人為「跨性別者」們發出的深情代言，同時也是對歧視「跨性別者」的人們的回應。多數至今無法接受多元性別認同、對「跨性別者」存在根深蒂固之歧視意識的人們，最常援以指摘、攻訐「跨性別者」們的惡劣言語，即是：「噁心！」、「骯髒！」之類的判語，彷彿在他們的眼中，「跨性別者」們是一如汙垢、一如糞土便溺似的穢物，而這或許也正是詩人於詩寫之初選擇「廁所」作為主要詩寫空間的靈感發想之一，只因為：「廁所」原是承接屎溺、嘔吐物、使用過的衛生紙等各色穢污的場所，當詩人詩寫著一干「我」們以「廁所」為隱藏／躲藏自我的情緒空間時，實則已將一般世俗觀照中將「跨性別者」視為穢物的歧視目光，悄悄埋設為詩寫的隱題，意欲在其後的詩行中發為異議、予以反駁。「而我終究是乾淨的」一句，即是詩人的異議、詩人的反駁。最後「有禮地經過粉藍與粉紅，敲敲門／重複熟悉的動作：我知道有一天／他們會交換更多衣服，混搭顏色／他們會在世界某處微笑牽手／就像我知道有人會在外面等我」五

行，詩人以深信「粉藍」、「粉紅」終將交換更多衣服、混搭顏色的意象，寫詩人深信：有朝一日，二元性別劃分的信念桎梏必將被打破，然後揚棄；深信「跨信別者」能在世界的某處微笑牽手，以及知道有更多的人會在「廁所」外面等候自己的意象，則寫詩人期許著：「跨性別者」能自在現身於「廁所」之外、且有更多的人們能自然接受「跨性別者」的友善社會，必將到來。以正向的期許收結全詩，除了賦予整首詩作的抒情表現更為多元、更為豐富的層次之外，同時也使整首詩作自始即確立的偏屬憂傷、無奈、蕭索及陰鬱的情感色調轉趨淡然；但連帶的，卻也因為這種淡然的意味，使全詩原具的情感色調更為雋永、綿長，餘韻無窮。

　　整體而言，〈秘密廁所〉是抒情的，但抒情中有對「跨性別者」之惡劣處境與心境的深切勾勒；有對「跨性別者」們長久遭受著、隱忍著歧視與霸凌之傷害的揭露與控訴；亦有對「跨性別者」之處境必將正向改變，一個性別平等／性別友善之社會必將成功建立的正向期許。且全詩語言雖淺近，詩人調度畫面、安排意象的功力卻極為熟練、可觀。筆者以為，是一首抒情真摯、情感濃厚，並且能引人沉思的抒情詩佳作。讀者們無論是否關注「跨性別者」的處境與未來，都值得品味一番。

刊登於《葡萄園詩刊》第 231 期

# 22　以詩剪影日常
## ——評析辛金順：〈閒餘〉

閒餘　／辛金順


時間細數文字，從午後

走遠

窗前風

卻搖落盆栽上的黃花

小小

落在詩裡

三點鐘的方向


寂靜吃掉了廳堂的空闊

對面國小

播放器傳來：「請值班學生

完成

今天的清潔工作」


陽光照亮矮牆

石頭笑了，把囚禁的陰影

輕輕，放走

像一條江水放走車聲
轉進
雙園街，匯入艋舺大道
在微涼的冬日
在夢裡

我撿起了遺忘的背影
坐看
睡了一年的光塵
在一頁詩冊上，緩緩
甦醒

緩緩，我聽到了自己
身體內
有浮雲輕輕
輕輕墜落的聲音……。

辛金順《詞語：辛金順詩集》
收錄於《2017 臺灣詩選》

　　一首「詩」的誕生，與任何文學作品一樣，皆始於選材。一般而言，詩人若援「主題性」色彩越鮮明、強烈的題材來進行創作，往往就越容易引起讀者的共鳴，也越能成功將讀者牽引進整體詩作所欲構築的情感世界或思想世界中。因而，無論詩寫愛情、親情、友情、思古幽情，無論分享喜悅、輸遞傷愁、傳達憂懼、傾訴孤寂，抒情詩篇總是易於感染讀者，易於牽動讀者的七情六欲；而無論思索光陰、洞達生死抑或審視人生、檢省是非，哲理詩篇也總是易於觸動讀者的智性思維，令讀者在咀嚼詩行的過程中與詩人攜手並肩，一同針對特定的哲理課題進行深入的體驗與辯證；至於針砭政治亂象、究詰道德（倫理）窠臼、透顯戰爭罪惡、反映人民（或：特定族群）處境等各類型的社會寫實詩篇，也總能發聾啟聵，既振奮讀者的良知，同時也能在詩人與志同道合的讀者間，油然連結起一種無須申言的夥伴意識，除了令讀者感到與詩人之間心有戚戚外，也能更加堅定心中那份敢於凝視社會、敏於關懷人群的勇氣與良善。但反之，若選擇了「主題性」色彩較為隱晦、淡薄的題材來進行書寫，則往往很考驗詩人駕馭文字以敲叩讀者心靈、聯動讀者情思的功力。正如以下所要討論的〈閒餘〉這首詩，詩人既未傳真任何較為濃烈的情感、情緒，也未尋思什麼較為明確的智性課題，更非燭照什麼幽微人心、把脈什麼社會弊病，而單純只是剪影了一

段極其尋常的時光，一段令詩人感覺極度寧謐與閒適的
──日常。但也正因為詩人所欲處理的題材，在感性與
理性層面的份量上是如此輕盈，於是，詩人該如何張開
文字的翅膀，將當下那種如此平凡、也如此平淡的生活
感受予以詩性地、同時也是形象化地藝術具現，無疑便
是對詩人之筆力的一大考驗。然而，這對辛金順這位詩
人而言，卻顯然不構成任何問題。

　　全詩共六段二十九行，前後不足一百七十個字，筆
墨堪稱精省。首段便是極富畫面感的開頭，在「時間細
數文字，從午後／走遠／窗前風／卻搖落盆栽上的黃花
／小小／落在詩裡／三點鐘的方向」七行中，詩人以
「轉化」修辭中的「擬人」手法，先以「時間」一邊細
數文字一邊漸漸走遠的意象，託出了全詩所聚焦勾勒的
日常情境，乃是一段詩人的午後閱讀時光。要之，真正
細數了文字的，並不是時間，而是在午後從事閱讀之事
的詩人自己，並且，在詩人進行閱讀的獨我情境中，屬
於午後的光陰也正一點一滴地流逝、逸去。此中，以「時
間」的細數文字代言詩人的閱讀；以「時間」從午後走
遠來描繪時間的流逝感，詩人聯綴意象的功力確實爐火
純青。其後「窗前」的「風」現身了，在「時間」走遠
之後，「風」搖落「盆栽上」的「黃花」，讓它落在「詩」
裡，而且是「小小」地掉落。短短五行，詩人通過敘寫

「黃花被風吹落」的具體情境，為全詩敷染上一層極其寧謐的客觀氛圍，以及──詩人在坐對當前之時空情境時，油然生發並盈滿身、心的一種極其舒緩、安適的主觀感受。此中，詩人僅僅以「窗前」、「盆栽上」兩個較為具體且兼有事物及方位指示意涵的形容詞去修飾「風」與「黃花」，便將「風」的吹拂與「黃花」的離枝、飄墜勾勒得極為生動、栩然；以「小小」一詞作為「黃花」之掉落動作的副詞，也是神來之筆，因為通過「小小」一詞能為「黃花」掉落的流動性畫面所帶來的輕盈感，對於首段所欲概括點染的，屬於空間氛圍上的寧謐、時間步調上的緩慢及詩人主觀感受上的安寧、舒適，都有著不可言喻的點睛之效；並且，善感的讀者當能領會，詩人的整段詩寫，凝視的目光皆是微觀的、動態的，其通過詩行所擬繪出的畫面，一處處、一幕幕都像是播放慢動作鏡頭一般，能在讀者的心裡、眼前歷歷上演。另外，詩人言「黃花」是落在「詩」裡，這或可有兩種理解：其一，詩人是以此暗示著，其當下所閱讀的，就是詩集；其二，詩人也或許僅是以此強調著，其當下所處的時空情境是詩情畫意的，就如一首「詩」。

　　進入第二段，詩人趁勝追擊，續寫寧謐與安適。通過第二段「寂靜吃掉了廳堂的空闊／對面國小／播放器傳來：『請值班學生／完成／今天的清潔工作』」五

行，詩人再現了南北朝詩人王籍通過〈入若耶溪〉詩所留下的傳世意境：「蟬噪林逾靜，鳥鳴山更幽。」首句先以「寂靜」竟能吃掉廳堂之「空闊」的靈活意象，將詩人置身之廳堂的寬闊與靜謐，描繪得既傳神又形象感十足。那份彷彿只是被詩人輕描淡寫的寂靜之感，竟立體得幾乎能從詩行間跳出，直接投射在讀者眼前；隨後又旋即以對面國小的廣播音效也悄然逸入這時空情境的意象描繪，通過大片無聲中傳響的一點音籟，反襯了在場的寂靜，將當下的寧謐氛圍放大到了極致。詩人在繪景、寫意方面的才情，著實令人讚嘆。第三段「陽光照亮矮牆／石頭笑了，把囚禁的陰影／輕輕，放走」三行，則又通過對眼前景致的描繪，傳達了正於詩人的內在裡悠悠發酵的閒適感受。這三行所寫，原只是尋常可見的日常畫幅：在午後陽光的照耀下，原先覆蓋住石頭的矮牆陰影因之消散，從石頭上面蜕去。但詩人巧運意象思維，以「石頭囚禁了陰影」的想像性畫面，反寫「陰影覆蓋了石頭」的現實畫面，再以「石頭笑著放走陰影」的想像性畫面，反寫「陰影消散，從石頭上蜕去」的現實畫面，這種手法不獨賦予了原自尋常的生活畫面以極濃密、深刻的詩意，也同時將詩人的主觀情緒灌注到了畫面中──也就是，在那當下的日常情境中，「笑」的其實是詩人，而不是「石頭」。詩人當下的閒適與歡悅，因此躍然紙上，令讀者一覽無遺。第四段則延續第三段

的情、景描繪，只是將描繪的鏡頭，自視覺方面的光影流變上挪開，轉移並匯焦在聽覺方面的音聲流衍上。「像一條江水放走車聲／轉進／雙園街，匯入艋舺大道／在微涼的冬日／在夢裡」五行，從上一段寫眼前所見的、一處矮牆下的光影變幻，油然轉進了對當下耳中所聞之音響的詩性示現。在此，詩人所著意示現的，只是當下所聞，從其所置身之處所——也即是詩人從事午後閱讀的場所——附近響起並一路轉進所謂「雙園街」、「艋舺大道」的一陣車聲，這自然也是第二段「蟬噪林逾靜，鳥鳴山更幽」之意境刻畫手法的再次運用，詩人所欲傳達的，仍是大片無聲中傳響一點有聲的極度寧謐。所以詩人以「在微涼的冬日」、「在夢中」這種虛、實交錯的、富於時間性提示的語句，手勢極輕微也輕盈地，烘托並暗示了那份寧謐與舒適。此中，「微涼冬日」的意象，繫連的是寂靜之感；「夢」的意象所繫連的，則是閒適之感。

　　第五、第六段收結全詩。通過第五段「我撿起了遺忘的背影／坐看／睡了一年的光塵／在一頁詩冊上，緩緩／甦醒」五行，詩人再次提示了其所閱讀的應該是詩集。一襲被遺忘的背影被詩人重又撿起的意象，比較順勢的理解，應即是象徵著一本原被詩人束之高閣的詩集，在當下被詩人想及、拾起並準備翻閱的畫面；而其

背影上有沉睡了一年的光塵的意象，則寫真了詩集在詩人的日常生活中被擱置並蒙塵的現實；再進一步的，詩人竟能看到沉睡了一年的光塵在詩冊上緩緩甦醒的意象描繪，則詩寫了因詩人拾起塵封的詩集，從而書冊上的塵埃飄起，在午後光線的照耀下歷歷飛揚的情景。可以說，短短五行所寫，仍是一種微觀的、彷彿慢動作鏡頭一般的流動性畫面，並且，自全詩首段伊始便被詩人著意刻畫的屬於空間氛圍上的寧謐、屬於時間流速上的舒緩，同樣密集地流淌在詩行的字字句句間，令讀者可見也可感。而後進入最末段，整體詩寫自然必須由外向內收束，返歸詩人自身的感受。第六段「緩緩，我聽到了自己／身體內／有浮雲輕輕／輕輕墜落的聲音……」四行所寫者無他，即是在那段午後的閱讀時光裡，因於當下之所見、所聞與所感，整體而言，詩人所通體浸淫並全心領會著的那份靜謐與閒適之感。「浮雲」的意象，原就繫連了極輕盈、極自在的感受，而詩人竟能於當下的時空情境中，「聽」到輕盈的浮雲正在體內「輕輕」墜落的聲音，而且竟能是「緩緩」地聽見──所謂聲音能被「緩緩」聽見，即是指聲音極其清晰；而聲音之所以能極其清晰，只能是因為：聲音傳響的處所，極其空闊、寧靜──可以想見，詩人所著意剪影的那段日常，究竟是多麼的靜謐、舒緩；詩人當下的身、心感受又究竟是如何的安適、歡悅。

　　整體而言，詩人著意詩寫的，只是一份極為閒適的
日常。但詩人運作形象化思維的功力極為純熟，幾乎到
了仰觀、俯拾皆有意象可得的境界。無論寫眼前所見、
耳中所聞、心中所感，詩人皆能信手捻來當下情境中的
各種音、象材料，如點石成金一般，先寄以特定的情、
思意涵，再加以具象化的文字妝點，不管是空間感受上
的廣袤、寂靜；或者是時間感受上的緩慢；又或者是身
心感受上的舒適、悅樂，詩人都能通過極富畫面感的文
字，像在讀者眼前放映一段段微觀的電影畫面一般，令
讀者易於捕捉、易於領會詩人所要傳達的感受，無論那
份感受有多尋常、多平凡。故而，閱畢通篇，讀者當能
油然共感到詩人所著意傳真的那份寧靜、閒適與——愉
悅之感，筆者以為，是一首主題色彩雖輕盈、淡薄，但
詩質卻無比飽滿的記敘性詩篇，值得喜愛詩歌或鑽研詩
歌的同好們，一同細細咀嚼。

刊登於《葡萄園詩刊》第 232 期

# 23　以詩筆繪刻傷痕
## ——評析王鴻鵬：〈疤〉

疤　／王鴻鵬

天空靜美卻無以名狀

被掀開的疤，意識

自紅白的青春川流而出

輕輕吞著菸，胃

活著，微微抽動

痙攣肌肉撕裂

昨日思念

遠方寫下上萬言絮語

無法用 LINE 即時傳遞

如同

消失記憶摺疊在大腦皺褶

無法用言語再一次回溯

拿起手術刀將

疤，再一次挑開

藍色和著綠色體液

那青春帶著屁孩的苦悶

「我愛你」但你成為了宇宙中心

我正是爆炸裡逃離的恆星

你卻向內潰縮

當宇宙縮成唯一的點

世界都安靜了

王鴻鵬《哲學、愛情和微不足道的真實》

---

　　任何一項藝術創造，皆非天成，乃經由一顆顆善感的人文心靈，援一己的生命體驗為素材，佐感性暨理性的智光予以調味，最終塑之以最適切的表現形式，方能成就一樣一樣足以動人心目、扣人心弦的藝術品項。詩藝術的創造，自然也不例外。詩人之造詩，不能不乞靈於現實生命，尤其──不能不動情。詩人不動情，則生命經驗中得援以成詩的素材，約莫要少去汰半，甚至十之八、九；詩人不動情，則主體以外的一一客體存在，也將盡成中性而冰冷、生硬的死物，一切因詩人之主觀注情（灌注情感）、賦意（賦予意義）而有的意境營造與意象提煉，便無從實現，從而，也就無法進一步通過詩作去聯動讀者的情思、扣動讀者的心弦。〈疤〉，自然是一首詩人的動情之作，所動之情則是最容易搖盪情思之主體的──愛情。我們知道，無論男女，也不計性向，「愛情」的對象，常是激揚詩人之表述慾望、催發詩人之靈感花蕊的繆思，〈疤〉的寫作，無疑便有此謬

思的推助。

　　全詩不事分段，計二十一行，篇幅精簡，所詩寫者，乃詩人生命中的一段情傷。所謂「疤」，即是情傷的隱喻。全詩以敍景的詩行起興，詩人通過「天空靜美卻無以名狀」一行，以一幅極尋常的——同時也是極日常的天穹景致，作為稍後情感傷痕湧現的序曲，並概括點染出情傷發作當下的時、空情境。這也適可反映出：對多數人而言，原自壓抑、埋藏在心靈深處的情傷究竟會於何時湧現？其實是難以預料的。情傷的不期而至，原是許多人都曾經深切體驗過的苦澀日常。在扼要的起興之筆過後，詩人旋即帶出詩寫的主對象——「疤」，也就是：情傷。通過「被掀開的疤，意識／自紅白的青春川流而出／輕輕吞著菸，胃／活著，微微抽動／痙攣肌肉撕裂／昨日思念」六行，詩人節奏明快地概括出「疤」所隱喻的是一份抽象的心靈傷楚，而不是一處具體的生理傷痕。首先，「疤」被掀開後，某種「意識」自「青春」中流出的意象，已將「情傷」自「記憶」中湧現的「心理」或說——「意識」狀態，描寫得極為生動。此中，從詩人以「疤」的被掀開來象徵愛情傷楚的發作，以「意識」自「青春」中流出來象徵情傷之記憶於詩人腦海中的再次播映，都足見詩人確實熟諳現代詩表情達意的關鍵技藝，那就是：以「意象」發言，且功力已頗為可觀。其後，詩人縮合「胃」的抽痛及「肌肉」的痙

171

攣兩層生理痛楚的意象，既寫出情傷發作當下的隱隱作痛，也油然帶出了與情傷相繫連的、那份詩人對愛戀之伊人的思念。在此，「痙攣肌肉撕裂／昨日思念」兩行中「撕裂」一詞的選用極為精審，一方面能將情傷發作暨思念湧動當下的痛感呈現得更為立體；一方面也彷彿憑空刻畫出了一處意識缺口，而缺口之中，有汩汩如流的思念正流淌而出。緊接著「在遠方寫下上萬言絮語／無法用 LINE 即時傳遞／如同／消失記憶摺疊在大腦皺褶／無法用言語再一次回溯」五行，詩人以極簡練、概括的表情詩行，寫出千言萬語已無法即時傳達給伊人，及過往記憶已無法清晰加以回溯的現實。要之，雖然已無法即時傳達，但在日常生活的某些情境下，心中卻仍要乍然起落著千言萬語；腦海中雖仍有記憶，卻不知不覺已無法清晰回溯，箇中所欲傳達的，無非是那份早已昇華、沉澱，卻始終鏤刻在心靈深處的往昔之愛。不得不說，詩人確實概括寫出了愛情世界裡的某種共相，同時，也精準代言了對許多人而言，在面對一段早已無從發展、終究不得圓滿的戀曲時，慣常會出現的一種人、我共通的心理現象。

全詩進入下半，抒情有所轉折，從「拿起手術刀將／疤，再一次挑開／藍色和著綠色體液／那青春帶著屁孩的苦悶」四行看來，顯然，有別於前此被動迎來情傷的乍然發作，詩人在當下轉而直面情傷。拿手術刀將傷

疤挑開的意象，寫詩人讓思緒重回過往，正面凝視愛情傷楚的由來；被挑開的傷痕流出「藍」、「綠」色體液的意象，則寫詩人於青春時期在愛戀過程中曾經歷過的悸動與苦悶，彷彿在當下回溯過去時又一一湧現在詩人的心中。在此，體液色澤上的「藍」與「綠」，是以較為具體的視覺印象──也就是：色彩（顏色）──去繫連屬於詩人的逐愛的「青春」與因愛戀而有的「苦悶」兩種較為抽象的生命情態。其後詩人以「『我愛你』但你成為了宇宙中心／我正是爆炸裡逃離的恆星／你卻向內潰縮／當宇宙縮成唯一的點／世界都安靜了」五行，總結那段青春愛戀的結局。「我愛你」一語及「你成為了宇宙中心」的陳述，說明在那段遠逝的愛戀裡，屬於詩人一方的情感與熱情是無庸置疑的，但在女方成為了詩人的宇宙中心後，卻旋即帶出了「恆星爆炸」的屬於天文學、宇宙學奇觀的意象。在此，詩人極隱晦地將自我及所愛戀的對象隱喻為兩顆恆星，以屬於女方的那顆「恆星」爆炸了的意象，提示整段愛戀的終結。在屬於女方的「恆星」爆炸後，詩人這顆「恆星」即逃離了的意象，寫戀情的終結及兩人的分離；而屬於女方的「恆星」爆炸後向內潰縮為「黑洞」、甚至凝縮為一個「奇異點」的意象，則是以在「黑洞」、「奇異點」中包含時間、空間、重力等物事盡皆遭受吸納、扭曲乃至於──最終一切彷似趨於「靜止」、「歸無」，一切人類所熟知的物理學定律率皆無法於其中──也就是在「黑

洞」、在「奇異點」中——適用的天文學、宇宙學假說，來象徵那段戀情終結後，詩人所不得不品味、不得不經驗的龐大崩潰感及——虛無感。必須說，全詩的這般收結的確體現了詩人的匠心獨運，特別是經營意象以婉曲表情的用心，但也因其表情過程的手勢較為含蓄，再加上屬於其意象凝構之來源思考的那番天文學、宇宙學假說本就較為複雜、艱深，這使得整段結尾同時成為通篇最為晦澀的段落，需要讀者們費心尋思，方能較貼切、細緻地體會詩人的表情手法。然而，這也不嗇為讀詩、品詩的基本樂趣之一。

　　整體而言，全詩的抒情聚焦在「情傷」，主旨極明確；且整體詩寫有著極簡明的線索可循，那就是：從情傷的乍然復發、臨現，寫到坦然品味情傷、直視戀情終結的過往，這使得讀者很容易就能契入到詩人的抒情脈絡中，體會到在情傷發作當下，詩人之情感流變的內在線索。在抒情的過程中，也處處可見詩人提煉畫面、凝構意象以抒情、敘事的功力及用心。而且篇幅精簡，通篇讀來，語詞與詩行率皆無有餘贅，筆者以為，是一首頗精緻的情詩小品，值得讀者們細讀、品味。

刊登於《葡萄園詩刊》第 233 期

## 24　詩寫，即是療癒
### ——評析蘇紹連：〈車禍印象〉

車禍印象　／蘇紹連


　　一條路經過一個車禍的起點。車輪在眼睛裡轉動兩三下，停息，便有兩道輪痕如淚水一樣地流出，經過屍體的臉頰、胸膛、腹、兩腿，流得又遠又長，去了，去了，流入盡頭的月亮裡。


　　屍上的月光濕濕的，是一種無味的口水，那大概是我嘔吐的吧？快吐，吐，吐，吐不完啊，形象散亂在胃裡，吐出來是一具人體。我不能禁住口水，一直往外吐，從喉嚨，提升於舌下，浸蝕齒根，吞下，再浮升，浮成一灘月光，被我一口一口吐出。吐不完的口水，吐得胃都痛了，吐光呀！把屍體的印象吐光呀！


蘇紹連《驚心散文詩》


　　如所周知，現代詩所以異於散文、小説，箇中最關鍵的分野正在於：現代詩的表情達意不能僅出以直截的陳述。屬於現代詩的記敍、説明、抒情、議論，率皆不

能如散文、小說的創作一般，僅做到能駕馭著精確無誤的語法座騎，在文字的疆場上馳騁著直書聞、見、感、思（包含：思考、記憶與──想像）的能事即可，而是得基本地嫻熟形象化思維，通過一個一個寄寓了特殊意涵的畫面來聯袂發言。真正工於此技的佼佼者們，甚至總能在自己一次一次的創作裡，新造出一番令人感到陌生、奇特的語言表述風貌，從而帶給讀者一種堪稱驚奇、驚豔的審美感受。其中，在現代詩的諸多形式品類裡，最難達成此種成就的，約莫便屬「散文詩」了！我們知道，現代詩的表述原就忌諱散文化，散文化的表述甚至可被視為現代詩創作的癌細胞，但詩人們卻竟樂於逆勢而上、反向操作，試圖以散文的形式締造出詩的驚奇？這誠然不是一件容易的事。然而，對於在臺灣詩壇裡少數以散文詩創作名家的資深詩人──蘇紹連氏而言，這似乎又不是一件太難的事。以〈車禍印象〉這首收錄在其著名集子：《驚心散文詩》中的作品而言，便足見蘇氏散文詩的殊勝之處。

全詩僅兩段，計二百餘言，以散文詩的品帙而言，篇幅算中等。第一段起首一句：「一條路經過一個車禍的起點」，便是頗具策略性的起筆。若是在一篇尋常的散文篇拾裡，能「經過」一場「車禍」的經驗主體，必不會是像「一條路」般的死物，而會是一個如「我」、「你」或「他」一般，能代表經驗主體的存在。其實，就詩人的現實經驗而言，此句詩行所真正表述的，自然是詩人驅車在一條路上向前行駛時，行經並目擊了一處

車禍現場，但詩人卻是以「一條路」去「經過」了一場車禍這樣的「轉化」手法來陳述這番經驗，於是經驗的主體被置換為「一條路」，霎時間，詩人驅車行經並目擊了一場車禍的原初且真實的情景，在讀者的腦海裡便藝術性地呈現為是——「一條路」不斷向前延伸後經過了一場車禍。筆法雖簡，畫面感卻極其栩然。其後詩人振其工筆，亟寫目擊當下之所見與——所感，「車輪在眼睛裡轉動兩三下，停息，便有兩道輪痕如淚水一樣地流出，經過屍體的臉頰、胸膛、腹、兩腿，流得又遠又長，去了，去了，流入盡頭的月亮裡」八句，詩人將目擊車禍當下所感受到的驚悸與心中油然流淌而出的悲憫，寫得既如夢似幻，但又確實能引領善感的讀者們深刻契會到詩人所欲描繪的情景與心境。無論詩人乃有意或無心，依筆者所見，此番詩寫，此種敍事，確實頗有魔幻寫實技法的影子。在此，詩人從視線中的「車輪」開始著墨，隨後極力刻畫了「輪痕」的延伸之事，箇中雖然仍是以「轉化」為記敍的基本手法，先寫「車輪」流出「輪痕」，但更巧妙的是，詩人旋即加入了極樸素的「譬喻」手法，將「輪痕」同時轉寫為——「淚水」，於是在讀者的閱讀想像中，「輪痕」不斷地向前延伸，即同時是「淚水」不斷地向前流淌；「輪痕」的經過「屍體」，經過屍體的「臉頰」、「胸膛」、「腹」、「兩腿」，即同時是「淚水」的經過「屍體」，經過屍體的「臉頰」、「胸膛」、「腹」、「兩腿」。而更重要的是：「輪痕」經過整個屍身的意象，所能帶給讀者的閱讀感受，應能繫連到人身——當然，其後便是成為一具屍身——

遭到「車輪」乃至整體車身輾壓過時的、偏屬震駭與殘慘的驚悚體驗；但「淚水」經過整個屍身的意象，箇中所寄寓的情緒，卻偏屬一種詩人——當然，也是一般人——在目擊到此種悽慘現場時，多半會油然而生的一種悲憫與不忍的情感。從而，其後「輪痕」／「淚水」流得又遠又長、甚至流入盡頭的月亮裡去的整體意象，便是同時表達了詩人目擊車禍當下的那份驚詫與震駭之感的綿長，以及當下所湧現的那份悲憫與哀情的綿長了！

　　全詩進入第二段，整體詩寫聚焦回詩人目睹屍體後的身、心感受上。首先，「屍上的月光濕濕的，是一種無味的口水，那大概是我嘔吐的吧？」三句，「月光」一語指點出車禍事發的時間點應在夜晚。以「濕濕的月光」來概括詩人眼裡對屍身的第一印象，表意較為晦澀、費解，「月光」屬於視覺印象，言屍身上有月光，營造出一種屍身上有光線聚焦、投射的效果，也就是——在詩人目擊車禍現場的當下，月亮便彷彿一具探照燈般，將光線投射在屍身上頭，這使得詩人的視線也完全被屍身所吸引、向屍身聚攏；進一步的，將屍身上的「月光」的質地形容成是「濕濕的」是為什麼呢？筆者以為，或許是欲概括點染出，在屍身破碎當下，那流淌而出的血泊覆蓋在屍身上頭及週遭地面的殘慘景象；另一個可能則是，真正潮濕的，並不是屍身，而是乍見破碎屍身時，目擊者那一雙泛淚的眼睛。其後，言屍身上潮濕的月光是一種無味的口水，而且是詩人嘔吐出來的口水，似乎更能支持上述第二種解釋，也就是——真正

潮濕的，不是屍體，而是詩人含淚的眼睛。自此以下近二十句的段落，詩人便只亟寫一個字、一種行為（一種反應），那就是：吐。詩人先寫自己一直吐、吐不完：「快吐，吐，吐，吐不完啊，形象散亂在胃裡，吐出來是一具人體。我不能禁住口水，一直往外吐，從喉嚨，提升於舌下，浸蝕齒根，吞下，再浮升，浮成一灘月光，被我一口一口吐出。」此中，「形象散亂在胃裡，吐出來是一具人體」兩句尤為匠心獨運的手筆。在此，「形象散亂」的，自然是指支離破碎的屍身，但就現實而言，破碎的屍身當然只能散亂在「眼」裡而不是「胃」裡，但詩人別出心裁地以「胃」這個字眼來取代「眼」，這便使得那原初的、同時也是真實的視覺印象——在詩人眼裡支離破碎的屍身——藝術性地轉變為是：詩人吃進了支離破碎的屍身，但「胃」無法反芻，從而詩人也就能順理成章帶出「吐」這個行為（這個生理反應）的來源，也就是：正因為詩人無法消化支離破碎的屍身，所以才一直嘔吐、一直嘔吐，甚至是——一直嘗試嘔吐。只是一個字眼——「胃」的揀用，便將詩人目擊到屍身從而嘔吐的情景，寫得既魔幻又立體，詩人之詩藝的高明，可見一斑。其後，持續嘔吐著嘔吐著，直到原先散亂在胃裡的屍身甚至變形——詩人使用的字眼是「浮升」——為「月光」，而後被詩人一口一口嘔吐出來的意象，不獨將整段記敘的、那既魔幻又驚異的氛圍渲染到了極點，同時也形象化地向讀者傳達出：乍然目擊到車禍事故的殘慘現場，詩人當下所深切體驗到的震懾與驚悸之感，是如何深刻、如何強烈，甚至到了能「移情」

於大自然景象──也就是：月光──上頭的地步。這就是說：不僅屍體支離破碎的印象令詩人作噁、欲嘔，就連當下照射在屍身上頭的月光也不例外。這也就是為什麼全詩最後直言：「吐光吧！把屍體的印象吐光呀！」的原因吧？詩人之寫作此詩，或許正是想消除對這場目擊的印象、淡忘對這場車禍的記憶。而若然如此，則此詩的寫作，本質上便是詩人對自我心靈創傷的一種書寫療癒。

整體而言，此詩作為一首「散文詩」，確實展現了詩人凝斂且純熟的詩藝，不論是其有類於魔幻寫實技法的整體敘事風格；還是信手拈來，能將事件的發展過程予以形象化陳述的意象凝鑄功力；甚至是能在同一個敘事段落中，同時傳達出震駭、驚懾與悲憫、哀情兩種異質性情感的抒情功力，都在在證明，詩人被譽為散文詩名家，的確實至名歸。而這首〈車禍印象〉雖然通篇意旨極簡──寫詩人目擊到車禍現場中支離破碎的屍身，所以噁心、欲嘔，亟欲將當下的印象與記憶卸卻、淡忘──但其內裡蘊藉的詩歌表現技藝，確實值得愛詩的讀者們或是有志於現代詩創作的作者們細細品讀、揣摩──特別是有意挑戰散文詩創作的人們。

刊登於《葡萄園詩刊》第 234 期

# 25　詩寫「送行」／「召喚」的心曲
## ——評析林婉瑜：〈餵養母親〉

餵養母親　／林婉瑜

黑白照縱觀一切
笑容凝止，不發一言
有時喜悅，有時似安慰
待空無一人，回返猶有髮香的房間
收音機在舊頻道
櫥裡衫裙未曾搬動
搖籃曲真熟悉，縫補的母親唱過，烹飪的母親唱過
隔壁，再隔壁……
每個母親唱過

皮夾半張相片，黑白兩吋正面
保管箱鎖有書信複誦：走了就解脫，毋須掛念。
紛擾人世，誰都不須掛念
風有低語追上耳朵：來世，做我小孩。
五個月大，初會翻身，哭哭啼啼，還不習慣世界
也曾過敏，厭食，牙牙學語
眼耳鼻嘴，誰的膚色，誰的影子和血？

以衰老的速度模擬長大
教我的
自己一件件忘掉，只知張嘴是吃，漆黑是睡
像小孩，搖搖擺擺
步履終於也細碎蹣跚。走好！

走好！病症走至骨頭
走至頭腦，至此已無可救
症狀有遺傳可能：嚴厲，強悍，漆黑裡等門……。
鄰人說，你我極像

走好！走了就解脫
毋須掛念紛擾人間
風被派遣
追上耳朵：
「母親，飯菜已備好，不要停留，請回家
夜晚寒涼，不要逗留，請回家
一件新裁的衣，一雙
好走的鞋，幽幽暗暗路途啊
記得回家。」

林婉瑜《剛剛發生的事》

　　真切且深刻（有時是：強烈）的情感，常是催生文學佳構的直接契機。人的心靈乃萬物之最，善巧且善感，所以能待人接物、感應萬端。在一個人或長或短的生命中，所能生發的情感或隱微、或明晰，自是難於盡數，然而，對生命中之重要親、友的思念與懷想，總是所有情感中最自然、最真摯，同時，也是最易使情感主體晝夜牽絆、悲喜縈懷的一種。因而，無論詩、文，以懷人為主題的作品總是層出不窮，且不限地域、不分古今，總能佳作紛出，引得無數讀者、方家於異時異地或悲或喜、或涼或暖，怵然共情，心有戚戚；其中，又以懷人而傷逝的作品最易引人動容、揪心。〈餵養母親〉，便是這樣的一首詩。

　　首段九行，表情的手勢雖含蓄，卻已是足以引人悽惻的手筆。先是「黑白照縱觀一切／笑容凝止，不發一言／有時喜悅，有時似安慰」三行，寫母親遺照上的微笑，詩行間雖不著「遺照」二字，但通過「黑白照」能「縱觀一切」的轉化敍述，詩人賦予了那幀「黑白照」一種居高臨下之感；加上照片主人公的「笑容」是「凝止」的、且照片主人公「不發一言」，再再暗示了詩行所描繪的對象物，即是高懸在上的母親遺照。看似淡然的、明快的寫物之筆，卻已靈活地托出懷人傷逝的書寫主題，並初步點寄了詩人的隱隱傷情。其後「待空無一人，回返猶有髮香的房間／收音機在舊頻道／樹裡

衫裙未曾搬動／搖籃曲真熟悉，縫補的母親唱過，烹飪的母親唱過／隔壁，再隔壁……／每個母親唱過」六行，敘寫的對象跳轉為逝者生前的居住空間。首先，居室中的「空無一人」，點染了主人公經已離世的事實；其次，室內猶有髮香殘留的描述，許是寫實之筆，但更是詩人的主觀移情：要之，母親的髮香也許仍在室內浮盪縈迴、若隱若現，但其在現世的真正駐留之處，實是其女——也就是詩人的嗅覺記憶中；再次，視覺上帶出居室裡的老舊「收音機」、「衣櫥」及內裡收納的「衫裙」，並旋即以「收音機」為此段落之憶往抒懷的意象樞紐，寫「舊頻道」中所能播放的那些老舊的、令詩人熟悉的歌曲，其母親在縫補衣衫時唱過、在烹飪時唱過，許許多多的母親都唱過。在此，「搖籃曲」這個詞彙的揀用，概括且高明，詩人不必細寫收音機舊頻道中播放的都是哪些歌曲，僅僅通過「搖籃曲」三個字，便能將閱讀中的讀者瞬間拉進一處遙遠的時空中，在那裏，有尚屬童稚的、愚騃的詩人，日復一日聽著慈祥的母親邊聽邊唱著收音機裡傳放而出的歌曲，母、女二人便是如此相伴著渡過一個又一個平凡的日常。整體而言，在短短六行間，詩人從嗅覺、視覺與聽覺三個方面，既立體又簡潔地詩寫了一處關於母親的記憶空間；且在空間描繪的字字句句裡，絲絲點點皆埋寄了詩人油然憶母的真切情思。

　　第二段接續首段末尾的追憶與抒情，「皮夾半張相片，黑白兩吋正面／保管箱鎖有書信複誦：走了就解脫，毋須掛念／紛擾人世，誰都不須掛念」三行，續寫母親的遺物：皮夾中的黑白照與保管箱中收藏的生前書信。其中，「走了就解脫，毋須掛念」一段，詩人將書信中的字句化用為詩行，具現了母親在臨終的路途上，對「死亡」之命運的接受，以及更重要的──對詩人的開解，這自是一種親情的展現，也由此帶出其下工筆寫就的「母愛」。「風有低語追上耳朵：來世，做我小孩。」一行，堪稱極其深情的抒懷，詩人以轉化的筆法，寄情「風」的低語，讓「風」為自己代言，冀望母親的魂靈能聽見寄託在風鳴聲中的、來自詩人的呼喊，願母親來世能成為自己的孩子。詩行的表述極其簡明，情感卻極為深摯、動人。緊接著「五個月大，初會翻身，哭哭啼啼，還不習慣世界／也曾過敏，厭食，牙牙學語／眼耳鼻嘴，誰的膚色，誰的影子和血？」三行，旋即轉寫自己初生時，母親眼中的詩人自己──這是說：才五個月大的詩人，自不可能自覺自己當年的「翻身」、「啼哭」、「過敏」、「厭食」、「學語」；也不可能反身照鑑自己當時的臉蛋、膚色，要之，不可能對當時所有的「自己」──包含自己曾經的模樣與曾經展現過的行為──有所印象。詩人在此所述，自然是其母親在生前應不只一次曾向詩人述說過的、關於詩人年幼時的所有行為和樣子。詩人對母親的孺慕與對母愛的戀戀不捨，

在這短短三行間著實表露無遺，並且極富感染力。

　　第三、第四兩段，詩人集中回溯了母親晚年的傷病情況。先是第三段「以衰老的速度模擬長大／教我的／自己一件件忘掉，只知張嘴是吃，漆黑是睡／像小孩，搖搖擺擺／步履終於也細碎蹣跚。走好！」五行，詩人點明了其母親生前罹患的疾病，是失智症。「以衰老的速度模擬長大」一句頗見巧思。實則，老年人已無所謂「長大」，只有孩童才能「長大」，且人們常稱小孩子長大的速度很快，轉瞬間便足夠令人難於辨認。在此詩人以「長大」言母親「衰老的速度」，一來暗示了母親於晚年時的衰老狀況，乃表現為智識與生活能力的衰退——衰退回孩童時期，因而需要人們時時從旁照護，為其料理生活瑣事；二來則傳達了母親在智識上的衰退速度極快，快到令詩人措手不及。隨後則明確指出，母親終於將所有曾傳授給詩人的能力，一件件忘掉，徹底成為了一個張嘴便討吃、入夜便睡覺的小孩子。在此，母親最終連踩出的「步伐」也如初初學步的稚童般搖擺、蹣跚的描繪，尤為出色的詩筆，一方面將母親在智識與生活能力方面的全然退化，傳真得栩栩如生、靈活生動，一方面則能因此讓讀者油然想像到：一個大人的言行舉止，竟退化到如孩童般幼弱的悲涼情景！進而從中共感到陪伴母親渡過晚年生活的、詩人的艱困處境與感受。

　　第三段收尾的「走好！」一詞，是全詩第一次出現的「走好」，寫的是詩人的母親在智識與生活能力衰退後，詩人或宣之於口、或默禱在心的叮嚀與祝願——希望自己的母親步行時能走好。但第四段以「走好！」一詞起始，除了造成修辭上的「頂真」效果外，這全詩第二次出現的「走好！」，意蘊也有了極具策略性的轉折——轉折為一種對母親病況蔓延的形象化指涉。第四段以「走好！病症走至骨頭／走至頭腦，至此已無可救／症狀有遺傳可能：嚴厲，強悍，漆黑裡等門／鄰人說，你我極像」四行，亟寫母親生前那段失智症的病況無以逆轉，終至侵襲全副身心靈的情景。「病症」走至「骨頭」的意象，寫病魔侵襲軀體，失智症令母親的生活自理能力全然喪失；「病症」走至「頭腦」的意象，則寫病魔侵襲心靈，失智症終於令母親的記憶與思考陷入錯亂。其後，詩人稱「嚴厲」、「強悍」、「漆黑裡等門」等性格及行為模式為病症，並指這類病症有遺傳的可能，意象的運用也堪稱高明，詩人僅僅在單一的意象中，便寄寓了兩層意涵：第一，暗示其母親罹患的失智症，基因遺傳也許是病因之一；第二，經過母親自小的言傳、身教，母親在人格上的「嚴厲」、「強悍」等特質，以及會在夜裡守候未歸子女（在夜裡等門）的行為模式，已經傳承在詩人自己身上了。筆者以為，通過此一意象的運用，詩人既向讀者傳達了自己對母親生前病體的不捨，同時也傳達了心中那份對亡母的極為深層地

憶念——包含對母親之人格特質的自豪。詩行雖簡明，卻是一份極為深情的懷想。

　　第五段收結全詩，詩人再次以「走好！」一詞開啟抒情。這全詩第三次出現的「走好！」，再一次有了意蘊上的轉折——轉折為一種對母親之魂靈的、既是「送行」也是「召喚」的內在話語。「走好！走了就解脫／毋須掛念紛擾人間」兩行，再次化用了在第二段裡經已化用過的、母親書信中的話語，不同的是，因為加上起首的「走好！」一詞，從而使該話語轉換為一種詩人對母親之魂靈的、具有送行意味的內在呼喊，完全不同於在第二段裡，展現為一種母親對死亡之事的接納及對詩人之開解的勸慰說詞。這樣別具匠心的手法，也使全詩的抒情迎來高峰：「風被派遣／追上耳朵：／『母親，飯菜已備好，不要停留，請回家／夜晚寒涼，不要逗留，請回家／一件新裁的衣，一雙／好走的鞋，幽幽暗暗路途啊／記得回家。』」七行，詩人再次以轉化的手法寄情於「風」，召喚著母親的魂靈回家。其中，詩人備好飯菜，呼喚母親回家用餐的陳述，是通篇唯一一處呼應詩題，亦即——「餵養母親」的詩寫。據此，讀者當能知曉：所謂「餵養母親」，應即是「供俸母親」的意思。筆者以為，在讀者們意會及詩題真意的當下，當更能領略到詩裡行間所隱寄的深切哀情與思念。再者，詩人要母親的魂靈「不要停留」、「不要逗留」的真情呼喚，以及為母親備好的那雙「好走的鞋」的意象，都與「走

好！」一詞有著意涵上的內在呼應。與本段起首不同的是：起首時的「走好！」是詩人要送母親的魂靈好好離開，而在此一全詩的收尾階段，詩人則是呼喚著母親的魂靈要「記得回家」。可以說，同樣是「走好！」通過此一內在叮嚀之意象的運用，詩人對母親的不捨與思念，全在「送行」與「召喚」兩種異質情感的往復、迴環間表露無遺了！讀來十分令人動容。

縱觀全詩，三十三行的篇幅份屬中等，詩人所驅策的語言雖極為淺白，通篇未有一艱澀、深奧的語句，但連綴意象的功力卻極為精深，無論寫遺照、寫失智（包含其症狀的蔓衍與可能的遺傳）、寫送行、寫召喚、寫供奉，由首至尾，未有一處一項出以直截的陳述，率皆能以一幅幅靈活、流利且自然的畫面，完成一次次力道輕盈、手勢委婉，但卻真摯、深刻而極富感染力的抒情。尤其令人激賞的是：僅「走好！」一詞的運用，在通篇之中竟就有從「叮嚀母親步行走好」、「指涉母親病況蔓延」、「送行母親離世」到「召喚母親魂靈返家」等意涵上的多層翻轉，且上、下聯貫，無有絲毫牽強的痕跡，足見通篇之詩寫，皆乃出以詩人精勤的構思；且詩人的詩思靈活、出奇，確實寫就了一首懷人、傷逝的動人之作，值得讀者們細細品味。

刊登於《葡萄園詩刊》第 235 期

# 26 「疼痛」的詩性描繪
## ——評析溫玉慧：〈生理痛〉

生理痛　／溫玉慧


因為地震
整片牆即將　淘汰
壁癌乾脆集體
　　　剝落
　　　　　剝落
　　　　　　剝落


震央是那只
熟透的秘密蘋果


最初
震波是接踵的耳光
以癌細胞擴散的俐落


板塊很賣力在收　縮收　縮
災情隨即得寸進尺
一如煙火瞬間爆發
火光是跌碎的玻璃

四　滅


刺

進天空的骨子裡

（木魚敲的嗡嗡作響

南無南無南無南無

眼觀鼻　鼻觀心）


然後顫抖謝了一地

汗捏著嗓子尖叫

狠狠地劃

開

塞滿雞皮疙瘩的毛細孔

神經開始衰竭　疲憊

堪不起疼痛的高分貝

一路從

　　髮根往腳趾頭

呻

吟

過

去


刊登於《臺灣日報 · 副刊》，2001 年 6 月 15 日

　　藝術創造，離不開創作者的生活經驗，許多時候，各類藝術造物的現成，無非是作者生命中之種種特定「經驗」的藝術性再現，繪畫如此，雕刻如此，音樂如此，文學，也不例外。一經驗「主體」之擷取經驗、產生經驗，最常見的路徑有二：其一是向外「視」、「聽」、「嗅」、「嚐」、「觸」並──「思考」各式各樣的經驗「客體」而來；其二則是反身自鑑，也就是主體向內覺知（照察、感受）自我的某種（或：某些）身、心狀況──包含該身、心狀況的當下存在狀態與其後的發展歷程，換言之，即是主體以自我的身、心狀況為客體並加以覺知而來。正如本文所要處理的詩作：〈生理痛〉，即是一首詩寫上述第二類經驗的佳作。

　　就詩題尋思，作者所寫，即是女性於「生理期」階段所承受的「經痛」體驗；而從通篇詩寫對此一經驗之描繪的深刻與生動來看，作者應即是以自我的切身體驗為素材來寫作此詩的。此詩作之殊勝，首先在於：通篇雖工筆描繪經痛，卻自始至終不著「月經」、「經痛」等字眼。首段「因為地震／整片牆即將淘汰／壁癌乾脆集體／剝落／剝落／剝落」六行，便是極出色的詩筆，作者概括地以「地震」之事象徵月經來潮。其中，所謂的「牆面」，隱喻了女性的子宮內膜；「剝落的壁癌」則隱喻了月經期間漸漸崩解、脫落的子宮內膜組織，意象的揀用極為適切、自然，讀者讀之，整體月經之事在

女性子宮內的發生與進行，簡直宛然在目。應特別注意的是：接連三行「剝落」、「剝落」、「剝落」的漸次向下縮排——第四行的「剝落」向下縮排三個字、第五行的「剝落」向下縮排四個字、第六行的「剝落」向下縮排五個字——的表現，甚至從聲音（閱讀節奏的調節）與畫面的安排上，同步呈現出子宮內膜組織的脫落情況。前、後三個「剝落」從詩句排列上的形象直觀來看，彷彿一一正是前、後接連剝落的子宮內膜組織——且越先剝落的組織（第六行的「剝落」最先、再來是第五行、第四行……），便掉落得越接近地面。作者在意象運用上的精審與巧思，著實令人讚賞。其後「震央是那只／熟透的秘密蘋果」則以「熟透的蘋果」隱喻了觸發月經之事的、內膜增厚以等待胚胎著床的子宮。

　　進入第二段，作者開始著意描寫「經痛」的過程與感受。「最初／震波是接踵的耳光／以癌細胞擴散的俐落／發燙腫脹」四行，以「震波」的發動寫腹內開始傳來子宮收縮的動靜，將震波的汨汨傳遍形容為「接踵的耳光」，初步繫連出月經來潮時的「疼痛」感受，而這種動靜（包含著「痛感」）的傳佈，竟如癌細胞的迅速增殖一樣「發燙腫脹」，這亟寫了經痛的感受臨現於身體時的遽然且無以遏阻。其後「板塊很賣力在收　縮收縮／災情隨即得寸進尺／一如煙火瞬間爆發／火光是跌碎的玻璃／四濺」五行，繼續描繪了同一份動靜的「持

193

續」與「加劇」。「收　縮收　縮」四個字的運用，極
巧妙的以「收縮收縮」四個字之間在閱讀（也可以是：
朗讀）時的「間隔」與「連接」，創造出一種聲音上的
效果（讀者不妨這樣唸唸看：收～～縮收～～縮收～～
縮……），以這種聲音上的效果，去呈現腹部內正持續
發生的痙攣狀況。這種以「抽象」（聲音的質地與節
奏，都是一種偏屬抽象的存在形式）寫「具體」（身體
上的痙攣狀況）的筆法，作者以極精省的字句、極簡明
的字序排列便達成了，構思著實巧妙、靈活。隨後災情
擴大如煙火爆發、煙火的火光飛散如玻璃碎片四濺的連
續意象，除了續寫腹內痙攣的持續與越見嚴重外，更以
「玻璃碎片四濺」的意象，伏筆了下一段詩寫的主要工
作：傳真疼痛。因為玻璃碎片是能穿刺、能傷人的。此
一伏筆的安排，也再次展現了作者在寫作此詩時，構思
上的精勤與嚴謹。

　　進入第三段，作者以「刺／進天空的骨子裡／（木
魚敲的嗡嗡作響／南無南無南無南無／眼觀鼻鼻觀
心）」五行，寫經痛的難以忍耐。首行僅一個字：「刺」，
這是接續第二段末尾玻璃碎片四濺的意象暗示，進而以
煙火如玻璃碎片刺穿天空的意象，來傳達經痛發作當
下那種難以言喻的痛感。整整五行不著一個「痛」字，
但作者以「括號」說明的方式，刻劃出在痛感肆虐的當
下，經驗主體疲於忍痛的身、心狀態——並且因為這段

描繪是整個被框進「括號」之內的表述，因此，作者在此想描繪的身、心狀態顯然是一種「內在」的狀態，能向讀者傳遞出一種內在獨語的氛圍。此中，木魚聲響的意象，先營造出一種有似於暈眩的感受與音感（這是指：頭暈或頭痛發生時，耳際間可能被乍然填塞、充響的嗡嗡然渙音），再搭配其後「南無南無南無南無／眼觀鼻鼻觀心」兩行，作者總的以閉起眼目喃喃唸佛的意象，來象徵一種咬牙忍受痛楚發作的經驗歷程。

　　第四段則更加細膩地詩寫經痛的發作狀況，以經驗主體的「身體」對那份痛感的各種反應來加以呈現。「然後顫抖謝了一地／汗捏著嗓子尖叫／狠狠地劃／開／塞滿雞皮疙瘩的毛細孔」五行的詩寫，主要聚焦在經痛的發作使身體嚴重顫抖、盜汗，而且起了一身雞皮疙瘩。此中，「顫抖」的謝地、「汗水」的尖叫，都是以身體上的反應來凸顯痛感的劇烈與深切，意象的運用已極為靈活；但更高明的是，「塞滿雞皮疙瘩的毛細孔」本身，已是極能側寫那份痛感的意象表現，然而作者竟指那些「塞滿雞皮疙瘩的毛細孔」是被「狠狠劃開」的，閱讀至此，善感的讀者多半都要打心底驚呼：「究竟是有多痛……」──且在「狠狠地劃／開」兩行中，作者精心使「開」字一行向下縮排而與其上一行的「劃」字並列，以「劃開」二字在閱讀時的、聲音上的牽延效果（讀者不妨唸為：劃～～開），及二字並列時在詩行外

部的形象上所呈顯出的有似於「一直線」的直觀效果，在讀者心中牽引出一種「身體上被割劃出傷痕」的、屬於尖銳痛楚的想像與共感。作者的巧妙構思，再次令人激賞。其後收結全詩，作者以「神經開始衰竭疲憊／堪不起疼痛的高分貝／一路從／髮根往腳趾頭／呻／吟／過／去」八行，寫那段與劇痛對抗的過程雖然使經驗主體感到疲憊，但強烈的痛感仍然徹頭徹尾侵襲著全身的經驗狀態。此中，「神經」的衰竭、疲憊，象徵的即是經驗主體在整體身、心上的衰疲；高分貝的疼痛一路呻吟的意象，則形象化地傳達了彷彿從每一處神經元皆傳來深徹痛感的身、心感受，「一路從髮根往腳趾頭呻吟過去」所強調的，即是那份深切的痛感乃是一種從「頭」（由「髮根」所借代）到「腳」（由「腳趾頭」所借代）傳徹全身的疼痛。最後「呻」、「吟」、「過」、「去」一字一行且連袂為一直線的表現，同樣是作者精心呈現的詩筆，意欲從「聲音」與詩行外部的形象直觀兩方面，造成一種劇痛從頭到尾蔓延、傳佈於全身的感受。

整體而言，通篇的詩寫聚焦在女性「經痛」上，並且是──一種極為嚴重的經痛，可以說，全詩的寫作即是作者在工筆描繪那份經驗主體於月經來潮時所奮力忍受的疼痛。作者所揀用的意象皆極為精當，無論是以壁癌的剝落寫子宮內膜組織的脫落、以板塊的收縮寫腹內的痙攣情況、以煙火如玻璃碎片刺穿天空寫月經來潮時

的刺痛感，在在皆是畫面感栩然、概括力十分強大的詩性描繪，作者運用意象的才情十分優秀。更令人讚賞的是，作者擅長通過對閱讀節奏的編排與對詩行字序的排列，來綰合聲音上的效果與詩行外部的形象直觀，讓兩者並肩（合力）烘托出作者意欲描繪（也可說是：意欲強調）的情景與感受。總的說來，是一首構思巧妙、詩寫技法純熟，並且所寄寓的感受極為清晰、真切的佳作，值得愛詩的方家們研析、品味。

附記：

　　此詩若援諸課堂作為教學活動中的導讀文本，或作為測驗篇章解讀能力的題目，則不妨在進行討論、導讀或測驗之時，先對學子們隱去（保留）詩題。如此，便可一方面觀察每位學子在並未知曉詩題、無從接收詩題對詩旨的提示之前，如何一一解讀詩行間所出現過的各種意象與表現技法，以及在閱畢通篇之後，學子們能否自主推敲出全詩的詩寫主題。這樣的教學操作，對學子與授課教師雙方，都將有出乎意料的驚奇與收穫。這是筆者的一點教學心得，與讀者們分享。

刊登於《葡萄園詩刊》第 236 期

# 27 在「母親」、「詩人」與「女人」之間
## ──評析蔡秀菊：〈推動搖籃的手〉、〈寫詩的媽媽〉

### 一、引言：關於「身份」的辯證

詩，常是詩人之心靈的自剖，是一種內在獨語的藝術形式。這種深具藝術意味（或說：價值）的獨語，可以是詩人主體對自我或外在世界（含：他者）的感性覺知，也可以是對自我或外在世界的理性省察與辯證、批判。前者蘊藉了較多的情感，後者寄託了較多的思考。當然，單就詩人之省察自我，已可爬梳出許多種面向，其中一種常見的面向，即是詩人對自我之身份──並且通常是關聯著「詩人」這個身份──的凝望與省思。本文以下所要探討的兩首詩作：〈推動搖籃的手〉、〈寫詩的媽媽〉[1] 便皆出於詩人對自我之身份的觀照與辯證，且詩人所聚焦的也非僅「詩人」的身份而已，還包含了「母親」與「女人」二者，可以說，是一名女性詩人對自我之多重身份的睿智省思與積極肯認。

### 二、〈推動搖籃的手〉：身為「母親」／覺知「母親」

---

1. 以下對兩首詩作的徵引，皆出自蔡秀菊著、吳達芸編：《臺灣詩人選集 55 蔡秀菊集》，臺南：國立臺灣文學館，2010 年 4 月出版一刷。

　　以〈推動搖籃的手〉[2]一詩而言，全詩計七段三十六行，原詩如下：

三歲前
是一雙唱歌的手
甜美的歌聲伴你入夢

七歲前
是一雙說故事的手
帶著小小心靈
一起到陌生未來探險

十三歲前
是一雙智慧的手
會解難題　　會擦眼淚
會溫馨擁抱的手

十五歲前
是一雙掙扎的手
充滿衝突　　矛盾和妥協
拉著的風箏的手
該放的時候

---

2.　蔡秀菊著、吳達芸編：《臺灣詩人選集 55 蔡秀菊集》，頁 14-16。

就要勇敢鬆手

可又要抓緊最後一截

否則風箏會一去不回


十八歲前

是一雙妥協的手

脫繭的痛苦淚水

匯集出一條希望之河

一雙操櫓的手

漸漸熟悉水性

引你避開狂流暗礁


二十四歲前

是一雙理性的手

熱力雖然逐漸消褪

但青春換來的

智慧掌紋

使這雙手更受敬重


三十歲之後

新舊手終須交接

啊！退休的手

可以開始寫回憶錄

　　全詩的書寫策略很明確，每段的敍寫對象皆是「一雙手」，且通觀全詩可知，這「一雙手」自然是指同一雙手；另外，全詩雖始終未著「母親」二字，但從詩題「推動搖籃的手」出發來加以推敲，這「一雙手」即是指「母親的一雙手」。我們可以說，詩人即是以這「一雙手」來隱喻「母親」的身份。從而，詩人用七個段落來敍寫母親的「一雙手」，即是用七個段落來書寫「母親」，且每個段落以所養育的孩子的年齡階段來加以區分。

　　首先是孩子「三歲前」，詩人將母親的一雙手定義為「是一雙唱歌的手／甜美的歌聲伴你入夢」，詩人在此以極簡明的敍事詩行，象徵了當孩子仍處於稚嫩的嬰幼兒階段時，母親唱歌哄孩子入睡的生活情境；再來是「七歲前」，寫母親的一雙手「是一雙說故事的手／帶著小小心靈／一起到陌生未來探險」，象徵孩子逐漸成長，而母親唸故事給孩子聽、帶孩子進入每一則故事的世界裡優游的生活情境；再來是「十三歲前」，寫母親的一雙手「是一雙智慧的手」，會「解難題」、「擦眼淚」、「溫馨擁抱」，象徵母親繼續陪伴孩子成長，總是能為孩子解決各種難題、總是能撫慰孩子的各種情緒、總是能給孩子溫暖的發乎母愛的關懷與生活智慧；到了「十五歲前」，寫母親的一雙手「是一雙掙扎的

手」，充滿「衝突」、「矛盾」、「妥協」，且又追加說明：「拉著的風箏的手／該放的時候／就要勇敢鬆手／可又要抓緊最後一截／否則風箏會一去不回」，顯然這個段落象徵著當孩子迎來青少年階段的蛻變與叛逆時，母親所面臨的兩難與掙扎。雖是表意樸素的詩行，卻有很強的概括性與象徵性，一般為人父母者在面對子女的某些行為或決斷時，究竟該干涉還是放任？該允許還是遏阻？該肯定還是否定？等對立、拉鋸的心理，讀之宛然在目，引人感同身受；到了「十八歲前」，先寫母親的一雙手「是一雙妥協的手」，但為何妥協呢？「脫繭的痛苦淚水」一行，向讀者暗示了可能的答案。「脫繭」的自然是越見成長、獨立的孩子，但孩子既然獨立了，那麼為人父母便也必須面對孩子自此在諸多面向上的、與自己的漸行漸遠，於是孩子的「脫繭」，不可能不帶給父母情感上的傷愁。但子女的成長、獨立，畢竟也是多數父母的殷殷期盼，因而其後「匯集出一條希望之河」一行旋即托出了詩人的這份正向情感。可以說，在短短兩行間，詩人便將為人父母者在面臨孩子終究蛻變為一個獨立的人格個體時，內心那種傷愁、苦澀與欣慰、肯定乃至期許等紛然情感盡皆同時湧現的五味雜陳之感，寫得極為概括且立體。其後銜接上面這份正向的情感，詩人又寫在這個階段裡，母親的一雙手是「一雙操櫓的手／漸漸熟悉水性／引你避開狂流暗礁」，意指

身為母親，在孩子獨立後，已漸漸調適好自我的心態，能作為孩子在人生路上的嚮導，隨機應變地引導孩子趨吉避凶，渡過一切可能橫亙在前的困境、難題與險惡；進入「二十四歲前」，寫母親的一雙手是「一雙理性的手」，當孩子到了這年齡階段，作為母親已年屆中年，「青春」雖然不再，但時間的陶冶與生命經驗的積累，令自己的生活智慧漸臻圓熟，從而能更好地與孩子相處、互動，詩人以「熱力雖然逐漸消褪／但青春換來的／智慧掌紋／使這雙手更受敬重」概括這樣的生命經歷，並傳達了孩子在這個階段對自己的尊敬與親愛，整首詩作的表情，至此全然轉為明亮的、開朗的色彩；最後到了「三十歲之後」，寫母親的一雙手是「退休的手」，可以開始寫回憶錄。不獨暗示了詩中母親的作家身份，同時意在言外的是：隨著孩子年過三十，一個經已成熟的獨立生命，已不太會引起年邁母親的罣礙，因而作為母親，已可放手一直以來的掛念，專注於自我的實現之事。「新舊手終須交接」一行，也暗示了孩子也即將成為母親，開始育養下一代，扮演自己曾經長久扮演的角色。總之，詩人以極為簡明的詩行，概括陳示了自己母親的身份，至此已然功德圓滿。

通觀全詩，詩人以簡明的敘事、真摯的抒情，勾勒出一名母親的育兒經歷及箇中心情點滴，沒有半點晦澀

的表意，也頗能引起讀者的共鳴。值得一提的是，詩作中的「母親」，我們自然可順勢的將之理解為是詩人自己，則此首詩作總的來說即是一份詩人對自我之「母親」身份的反身觀照，是一番對自我成為母親後之生命經驗與心路歷程的詩性記錄；但另一方面，我們也可將詩中的「母親」理解為是詩人的母親，那麼，這整首詩作即是一份詩人對其母親之育兒——養育詩人自己——歷程的覺知、懷想與記述。

### 三、〈寫詩的媽媽〉：「詩人」思維「女人」

〈寫詩的媽媽〉一詩，篇幅較精簡，通篇計五段二十一行，雖題為「寫詩的媽媽」，但通觀全詩的敏銳思考，實則箇中所展現的，正是屬於「詩人」的、深具批判性的思考。而其思考、批判的對象無它，即是「女人」這種性別身份，原詩如下：

不知何時
男人吹起流行風
藍色小丸子在熄燈號之後
能發揮什麼化學作用

女人的老話題
一生意志
展現在如何征服父權架構的高峰

發明「塑身」名詞兼動詞
精細雕琢水樣的曲線
聰明的女人以為
玲瓏的線條
可以模糊男人的立場

寫詩的媽媽
不知流行是何物
只喜歡在生活節奏間
加點詩的詼諧調

浸沐幸福而顯得飽滿的腰身
是丈夫失意時最溫柔的靠枕
用詩語言雕塑人生願景的媽媽
自創愛的品牌
取得美的專利

　　此詩的主題雖在「女人」，但全詩以對「男人」的反諷開始。首段「不知何時 / 男人吹起流行風 / 藍色小

丸子在熄燈號之後／能發揮什麼化學作用」四行，先概括傳真了男性春藥「威而鋼」在臺灣社會的流行。「威而鋼」作為一種男性春藥，被用以強化男性的性能力，並延長性行為的時間，因此，它又可被視為是一種男性欲望著征服女性的權力符碼。全詩以這樣的段落起首，隱隱寄寓了詩人對男性沙文主義與父權社會的批判，因為女性在這樣的社會傳統底下，通常被視為男性的附庸，常蒙受男性宰制而不得自主、自由，甚且有許多女性對此並不自知。但詩人畢竟並非一般的女性，其後第二、第三個段落，便旋即展示了詩人的敏銳反省。先是「女人的老話題／一生意志／展現在如何征服父權架構的高峰」三行，揭示了許多「女人」終其一生營營役役，只為爭取成為附庸於男性懷中或身邊的「好女人」。在此，「一生意志」只汲汲於此目標的蒼白、貧血；云為「征服」父權架構，卻實際上是奔逐在父權架構中遭受「宰制」、「支配」的卑微，詩人雖未以隻字片語明示，卻仍油然地在讀者的腦海裡完成了一種未名的、無言的反諷，在含蓄（但又要能精準）表意的詩藝要求上，詩人的確功力了得。接著乘勝追擊，詩人將批判的箭矢射向「塑身」這項業已火紅了數十年的女性全民運動，其中「聰明的女人以為／玲瓏的線條／可以模糊男人的立場」三行，點出「女人」之所以務力於塑身之事，無非是認為可以取悅男性的審美與慾望，並因此從男性身上

獲取所需要的利益，而這樣的「女人」，卻已經是世俗所認定的「聰明的女人」。在此，「玲瓏的線條」隱喻了女人的身體；「可以模糊男性的立場」則象徵了「女人」通過雕琢自我的身體，從而周旋在男人的世界中取利的實況，箇中實寄託了詩人對「女人」的自我物化與甘受男性的審美及慾望宰制的深刻批判。

全詩進入第四段，詩寫的焦點回到詩人自己身上，「寫詩的媽媽／不知流行是何物／只喜歡在生活節奏間／加點詩的詼諧調」四行，直言自己不跟風「流行」，即是詩人宣示著自己並不似一般的「女人」，畢生競逐父權高峰，希求在附庸男性的遊戲裡成為勝利組；而所謂在生活節奏間加上詩的詼諧調，則是指詩人只喜歡投入詩的創作。這全然是一種「詩人」身份的宣言與自豪。最後第五段，「浸沐幸福而顯得飽滿的腰身／是丈夫失意時最溫柔的靠枕」兩行，呼應第三段裡對「女人」務力於「塑身」之事的批判，寫自己不介意身材變得飽滿，因為身材飽滿的原因是：浸沐在幸福之中。詩人甚至認為，正因為自己的身材飽滿，所以才能成為丈夫失意時溫柔的依靠。詩人的自信與幸福，著實洋溢在字裡行間。至於「用詩語言雕塑人生願景的媽媽／自創愛的品牌／取得美的專利」三行，則再次總結了自己身為一名詩人，最重要的日常實踐無他，即是：以飽含詩性的

語言去傳達「愛」、創造「美」。可以說，在此詩人不僅是含蓄地再次宣言到自己的「詩人」身份，而是連自己心中所秉持的詩觀、自己在詩創作上的美學取向，都樸素地、不著痕跡地表達出來了。

讀者也應見及，全詩的詩寫基調，雖是以「詩人」的身份去思索「女人」，但詩人本身即是一名「女人」，因之，當詩人揭示出傳統女性不思掙脫以男性為尊的父權世網，營役一生只為滿足男性對「好女人」的想像與慾望時，其實即是在向讀者宣言到：自己不是那樣的「女人」，自己心目中理想的女性，也並不是傳統上那種甘為男性附庸，為此而習於自我物化卻不自知的「女人」。因之，詩人自己所肯定的「女人」，應即是一種能獨立思考，無論如何不會物化自我，不會淪為他者的附庸，且更重要的是，能從事有意義的創造——如詩人在此詩中所提及的「美」與「愛」——的「女人」。只是這種對自我「身份」的辯證與自我確立，在這首詩裡並不是出以直載的陳述，而是隱含在詩人的敏銳批判及省思裡面，交由讀者來心領神會。

## 四、結語：詩人的自己認識自己

詩人為詩，可出以感性，也可出以理性。但詩人無

論是要記敍、說明、抒情或議論，率皆得驅策詩性的語言以達致。要之，得先剪裁內在裡起伏、澎湃的心聲，再予以富含象徵意味的形象化再現。在這樣的藝術創造工程裡，詩人必須習於內省、習於傾聽發乎自我內在的聲音，換言之：詩人必須習慣自己認識自己。這有點類似佛教思想裡面所謂「識的自證之」這樣的思維。在現代詩的諸多詩寫主題裡，關乎詩人自我之「身份」辯證的作品，尤其能註腳何謂「詩人的自己認識自己」。筆者以為，本文所討論的〈推動搖籃的手〉與〈寫詩的媽媽〉，都是詩人審視自我所具有的多重身份之後凝晶而來的優秀詩作。作為一名女性詩人，作者身兼「母親」、「詩人」與「女人」三種「身份」，在這兩首詩作裡，通過簡明、樸素的語言，運用切近、易懂的靈活意象，既勾畫出「母親」育養孩子的心路歷程，批判了一般「女人」長久蒙受父權宰制卻不思掙脫網羅的愚闇與平庸，同時，在呈顯「母親」、批判一般「女人」的當下，反映了「詩人」一顆敏於自我審視及獨立思考的心靈。整體而言，詩風開朗、愉悅，情感正向、積極，是值得讀者細細品味的自信洋溢之作。

刊登於《笠詩刊》第 353 期

# 28　詩筆下的生態關懷
## ──評析江郎財進：〈生態七疊〉

生態七疊　／江郎財進

### 冷戰

喝太多北極融冰

觀音山胃食道逆流了

### 熱戰

吸入過量二氧化碳

上帝患了連續暴雨症

### 河道

河床 N 久沒有流水了

幾萬條太陽在河裡

游來游去

### 街風

午後，街上的風

像煮沸的開水

喝在每位騎士

風塵僕僕的嘴

潰決

受不了風火輪的煎熬

海龍王發火了

拉出大水壩的腸子

甩向河口的洪峰裡翻騰


井

偏鄉村子那口井

嘴乾舌燥

夜夜仰望月娘的

憐憫淚滴


龜裂

尖酸的太陽

很刻薄

讓焦頭爛額的地表

處處開口哮


刊登於《葡萄園詩刊》第 236 期

　　近世以來，肇因於工業技術與各類尖端科技的飛躍性革新，一方面大大便捷了人類的日常生活，另一方面，人類生活的便捷卻常是以對環境、生態的永久性破壞及對大自然資源的不可逆消耗為代價，因而，生態環境的持續惡化、全球地貌的大規模變易、全球暖化的難以遏阻、動物棲地的不斷減少、越漸加速的物種滅絕、越漸嚴重的空氣汙染與海洋汙染、土地汙染與水源汙染造成的食物污染、新型態病菌的不斷出現、各類環境賀爾蒙對生物（含：人類）自體與生態的侵蝕破壞……等等環境問題，已引起越來越多人們的關注。在關注環境問題的識者行列裡，詩人的身影，從未缺席。詩人為詩，除了抒發一己對現實生活的聞見感思之外，亦常有逸出自我內在的情感圈子，朝外在之生活世界投諸凝視並表達關切的作品。這類詩作既體現了詩人對外在世界的敏銳觀察與深刻的省思，同時也因為能勾連起讀者在智識上的共鳴，讓讀者因心有戚戚而願意著眼於詩人所著眼、關懷於詩人所關懷，從而使詩人達成了通過詩作以介入現實世界的書寫實踐，詩作的本身，也因此而更多添了幾分智思的份量，多蘊藉了幾分美感的厚度。詩人江郎財進的〈生態七疊〉，便是一篇這樣的作品。

　　〈生態七疊〉的詩寫形式是組詩，全詩共七小節二十三行，篇幅精省；每小節二、三、四行不等，都是意象鮮活、才思敏捷的精悍之筆。第一小節〈冷戰〉云：「喝太多北極融冰／觀音山胃食道逆流了」寫海拔

僅約 616 公尺的觀音山竟因霸王寒流來襲而降雪，寫下雪卻不著「雪」字，而是用「胃食道逆流」這樣的意象，以食物、胃酸於食道中倒流時，在空間方位上的上、下暗示，既繫連出雪花由上至下飄落的景致，「逆流」一詞的意涵，也暗指了觀音山的降雪乃是一種不合常理的景觀。第一句「喝太多北極融冰」，則是詩人為這不合常理的景觀緣何會出現所做出的推論。連低海拔的觀音山都飄然降雪，這反映了地球正在無聲承受著的夏天越來越炎熱、冬天越來越寒冷的極端氣候困境，而這種困境的可能成因之一，便是無以遏阻的全球暖化正在不斷加速的北極融冰，因「喝太多」北極融冰而「胃食道逆流」，說明了在詩人心中北極融冰的加速與觀音山降雪的因果關聯。相同的詩寫手法，也援用到了第二小節〈熱戰〉。「吸入過量二氧化碳／上帝患了連續暴雨症」兩行，上帝罹患「連續暴雨症」是果，「吸入過量二氧化碳」則是因。此中，「上帝」即是「大氣層」（或「天空」）的隱喻，其後詩人以「上帝」罹患疾病的意象，寫全球暖化現象所帶來的、超級熱帶氣旋所造成的強降雨氣候，既概括了強降雨的氣象特徵，也批判地指出了：地球的氣候生病了；至於二氧化碳的大量製造，則與其他溫室氣體一般，是導致全球暖化的元凶，上帝「吸入過多二氧化碳」的意象，即是對大氣層被迫蘊積了過多溫室氣體的現況概括。要言之，溫室氣體的過量，加劇了全球暖化的情況；全球暖化的加劇，則造就了出現在世界各地的強降雨氣候。這樣的因果關聯，詩人一樣用

很精省的詩行、很靈活的意象便完整地傳達了。

　　進入第三小節〈河道〉，詩人轉寫溫室效應下極端氣候的另一種表現：乾旱。「河床Ｎ久沒有流水了／幾萬條太陽在河裡／游來游去」三行，先以「河床Ｎ久沒有流水了」指點出一幅河床乾涸的尋常景象。「河床Ｎ」一詞，可用以指涉任何一條河流；「河床Ｎ久」又可產生有似於「河床很久」的諧音效果，是頗見機趣的手法。其後詩人以幾萬條太陽在河裡游來游去的意象，描繪了在乾枯的河床上迸裂交錯的萬千紋路。此中須注意：能在河裡游來游去的，原應是「幾萬條魚兒」才對，但在全然乾涸的河道裡，又怎麼會有魚族悠游呢？於是詩人以「太陽」喻河床上的萬千裂痕，同時又以「太陽」鳩佔鵲巢地取代了「魚兒」在河裡游來游去，暗示出河道裡經已乾涸無魚的生態慘劇，詩人的手法確實別出心裁，足讓讀者眼前一亮。第四小節〈街風〉承繼了第三小節的詩寫主題，將詩寫的鏡頭聚焦在氣候的炎熱上。「午後，街上的風／像煮沸的開水／喝在每位騎士／風塵僕僕的嘴」四行，以「煮沸的開水」為喻，寫騎士所浸身的炎熱風息，僅是很樸素的譬喻運用，但騎士的嘴風塵僕僕地喝著煮沸之開水的意象，卻將騎士們驅車馳騁於炎熱風息中的畫卷，書寫得極為生動、立體。第五小節〈潰決〉，將詩寫的鏡頭移動到大海與江河上。「受不了風火輪的煎熬／海龍王發火了／拉出大水壩的腸子／甩向河口的洪峰裡翻騰」四行，是因果性更為跳躍的

簡練詩筆。先是首兩行海龍王因風火輪而發火的意象，概括描繪出炎陽不斷蒸騰大海的壯闊景觀，此中，詩人以「風火輪」譬喻了散發騰騰熱力的「太陽」，以「海龍王的發火」，象徵海面在炎陽籠罩下源源蒸散出水氣的自然現象。在此詩人隱而未提的是：因炎陽蒸騰而凝聚的超級氣旋，將隨後化為暴雨，淋漓肆虐。大水壩的腸子被拉出的意象，便是越過這層隱義，直接詩寫大水壩因暴雨肆虐而洩洪的情景。大水壩的腸子所隱喻的，自然是水壩中所蘊蓄的、那已無從蘊蓄的豐沛水量；而被拉出的腸子被甩到河口的洪峰裡翻騰的意象，更將洩洪後那一瀉千里的大水灌進河口時所激起的翻天浪濤，描寫得活靈活現。

　　進入第六小節〈井〉，詩寫的主題仍是氣候的極端炎熱及其所帶來的乾旱。「偏鄉村子那口井／嘴乾舌燥／夜夜仰望月娘的／憐憫淚滴」四行，簡單的擬人手法，以「井」的嘴乾舌燥，寫井水的枯竭。但描繪井水的枯竭，是顯性的詩寫主題，致使井水枯竭的、氣候上的炎熱，則是寄寓在詩裡行間的、那未有明示的隱題；其後詩人便以「井」的仰望月亮、並期盼月亮的眼淚，寫乾枯的井水需要雨水滋潤的惡劣境況，仍是簡練且表意清晰的詩筆。最後第七小節〈龜裂〉，將整首詩作收結在極端炎熱的氣候上。「尖酸的太陽／很刻薄／讓焦頭爛額的地表／處處開口哮」四行，乃整首詩作第一次明示出「太陽」一詞。要之，沒有太陽的照射，聚集再多

的溫室氣體也無法釀成溫室效應；沒有太陽的照射，也沒有北極融冰的問題。詩人言「太陽」尖酸、刻薄，是以極尋常的怨言懟語，寫太陽的無情照射；地表的處處「焦頭爛額」及「開口哮」，則是寫赫赫炎陽在地球上造成的各種生態浩劫。此中，「焦頭爛額」一詞的揀用很是精到，能牽引讀者設想到有物被炎陽烤焦、曬爛的情景；至於已焦頭爛額的地表竟還「開口哮」的意象，則傳達了在極端炎熱的氣候下，地球各處正肆虐不止的各種災情，及受災情所苦之人們的聲嘶力竭的呼號。

綜觀全詩，詩人所驅策的語言，風格極為簡練、樸素，通篇未有一絲艱澀語，但詩人的意象運用極為靈活，能搭配各種簡明且極為傳神的譬喻、轉化表現，將全球暖化所導致的諸般氣候變遷徵象，呈顯得栩栩如生，無論是臺灣低海拔地區的雪降、極地融冰的加速與不可遏阻、嚴寒與炎熱兩種極端氣候的同時出現、強降雨所導致的洪災與不降雨導致的乾旱，都在詩人的敏銳照察下，於詩行中有所體現，總的說來，是一首深具環境關懷且頗有可讀性的哲理詩篇。唯通篇的詩寫僅止於描繪詩人眼下所聞、見的生態危機，並未發出任何欲世人共同關懷生態、共同復育環境的詩性呼籲，整首詩作便戛然而止，這或是一點美中不足的地方吧！

刊登於《葡萄園詩刊》第 237 期

# 29　「肉身」的思維與斷捨
## ──評析曼殊沙華：〈致，親愛的人身〉

致，親愛的人身　／曼殊沙華


從一部經走來，當說

不可思議

這世間最相濡的莫過於

我們，浮沉於恆河一起吐沫

你以消殞自己作為法門，渡化


我。蜷曲在巨石底下，直到

聽見細雨，來自妳

於是，所有芒刺盡蛻

從執迷走向不惑，而知

聽天命，心念在先著地的腳尖


散盤的雙腿懸掛於真空

蒲團上合十坐定波瀾

禪堂不在，你不在


以此供養，然後捨下

最難捨的你
在最後一個吐納，回頭
頂禮問訊
南無，我的肉身菩薩

曼殊沙華《曼梳三千：曼殊沙華詩集》

　　「身體」，是人類「感知」活動的起點。沒有人之一身所俱涵的各類官能、大腦與神經系統，人們便無從向外感知外界實在，也無從向內覺知並確認到「自我」的存在。可以說，身體即是人之生命藉以開啟生活、「經驗」生活的根本資具。故而，人之一切對內、對外的執著與慾望，多起於自己的身體；且對多數人而言，一生之中最難拋捨、最難斷除的執著與慾望，通常也就是自己的身體。此所以人們為何總是徇「生」而畏「死」；且更有甚者，不惜為經營、存養一己的皮囊而殫精竭慮、費財耗資。古往今來，有不少聖者、哲者都有見於此，比如道家肇祖老子便曾指出：「寵辱若驚，貴大患若身」、「吾所以有大患者，為吾有身，及吾無身，吾有何患？」（語出《老子・第十三章》）敏銳地點明了對人而言，最大的憂患正來自於自己的身體；若人們能放下對身體的執著，那麼，人們就無所謂憂患了。老子的這種真知灼見，不獨在其後的道家思想代表人物

——莊子那裡得到了繼承,與源出於印度的佛教思想也遙相呼應,彼此深有共鳴。真正能證悟「色不異空,空不異色;色即是空,空即是色」(語出《心經》)的佛修者,在知見上、實踐上,最終都將忘棄對自我之人身的愛染與不捨。〈致,親愛的人身〉一詩,毋寧便是一篇從事佛教修行的詩人對這層真理的觀想或者說——修行的詩性紀錄。

全詩計四段十八行,篇幅精簡。首段先以「從一部經走來,當說/不可思議」兩行,托出詩人的修行者身份。稱佛教經典所載乃「佛」所宣說的各種不可思議甚深妙法,本是在佛經撰寫工作上的常見規式。故而,從「經」中走來並「說不可思議」,即暗示了此首詩作所整體詩寫的思維或者說——體驗,乃源出於佛教、佛經中的教誨。其後「這世間最相濡的莫過於/我們,浮沉於恆河一起吐沫/你以消殞自己作為法門,渡化」三行,即帶出此首詩作的主要思維/體驗之對象——人的肉身。此中,一起在「恆河」中浮沉並且是彼此最相濡以沫的「我們」,即是指詩人的主體「我」與在這首詩作中作為被思維/體驗之對象的「我」的肉身。如所週知,「恆河」乃印度人民的生命之河與文化之源,以「恆河」為意象,同樣諭示了詩人的思想基底乃源出於印度的佛教思想;當然,也無形中體現了作者經常研讀佛經的生活側面,因為「恆河沙」一詞,乃佛教經典中慣常出現的詞彙。至於作為主體「我」之肉身的「你」以已

身的消殞為法門通向渡化，則初步托出了此首詩作所欲思維／體驗並最終斷捨愛染的對象，即是人的肉身；並且也確立了整首詩作最主要的詩寫形式：主體／「我」對肉身／「你」的思維或說——觀想。

第二段的詩寫，從詩寫進程的構思上來看，略顯跳躍；然而，若是從修行實踐的思維進程來看，卻是順理成章。第二段的詩寫，乍然轉進到主體「我」對「妳」的思維／觀想去了。「我。蜷曲在巨石底下，直到／聽見細雨，來自妳／於是，所有芒刺盡蛻／從執迷走向不惑，而知／聽天命，心念在先著地的腳尖」五行，寫主體「我」的修行體驗從滯礙難行，到獲得如天啟一般的助緣而能豁然朗悟、邁步向前的思維轉折。首先，詩人以主體／我蜷曲在巨石底下的意象，象徵了詩人在修行之路上所體驗到的、有如巨石壓身一般的負重難行之感。這種精神困境直到聽見了來自「妳」的「細雨」，方見轉化的曙光。在此，「細雨」即是「法雨」之喻；而「法雨」乃是佛教思想中的經典譬況，意指足以霑溉群靈、普渡眾生的「佛」的教法。故而，所謂的「妳」，應即是能普施法雨、均霑眾生的「佛」或「菩薩」之謂。進一步的，「芒刺盡蛻」則象徵了修行之路上的一切痛苦都因佛法的洗滌而煙消霧散的體驗。我們都知道，芒刺在背帶給人的是不舒服的感受，而佛教將所有能讓人不舒服的感受概括為一個字：「苦」；且「苦」有源自於肉身的形軀之苦，也有源自於心靈的精神之苦。所謂

的「芒刺盡蛻」，應即是指詩人於修行之路上所曾體驗過的所有形軀上的困疲與精神上的困頓，都因佛法的指引而獲致昇華與轉化了吧？此所以詩人能從原先的「執迷」轉入「不惑」與「知天命」的境地，易言之——能無所疑惑地拋下既有的執著了。最後的「心念在先著地的腳尖」一語，則以心靈與腳尖相合並同時著地的意象，既詩寫了「心」的頓悟與「身」的實踐達致同步的、知行合一／心身合一的思維狀態，也傳達了此種頓悟使詩人的全副身、心皆得到安頓的，平和的、安適的心境。短短五行詩寫，譬況迭出、意象自然、遣詞清麗，營造出來的氛圍也極為清靜、寧適，確是足以令人讚賞的出色詩筆。

　　第三段銜接那份已然能夠拋下既有執著的體悟，詩人回頭續寫主體／「我」對肉身／「你」的思維／觀想。先是「散盤的雙腿懸掛於真空／蒲團上合十坐定波瀾」兩行，概括詩寫了詩人進行禪坐修行時的外在圖景與內在心境。詩人通過「散盤」、「蒲團」、「合十」等用語，輕易便在讀者的腦海中勾勒出一幅詩人雙手合十以散盤坐姿從事禪坐的修行者圖像；而「懸於真空」與「坐定波瀾」的意象，則指點了詩人於禪坐修行中所造臻的內在境界，也就是——空／無所染著（懸於真空）與安住／靜定（坐定波瀾）的精神狀態；其後「禪堂不在，你不在」一行，則指點了詩人於禪坐體驗中已能做到不取、不住、不染著於所有「相」，是故，在禪坐觀想的

221

當下，詩人的心眼裡已無所謂那個詩人正從事禪坐修行的空間／禪堂以及——詩人的肉身／你了！也因此才有了第四段裡，詩人預想著當自己死亡的那天來臨時，他能安然、喜捨，不獨接受死亡的來臨，甚至能問候並頂禮死去的自己的景象。「以此供養，然後捨下／最難捨的你」兩行，先預想著詩人會盡力供養肉身／你——也就是努力活到當活之日，然後在死亡的當下，拋捨下最難拋捨的肉身／你；「在最後一個吐納，回頭／頂禮問訊／南無，我的肉身菩薩」三行，則寫詩人於瀕臨死亡的當下（也就是：即將斷氣之前），能問候、頂禮並歸敬於自己之肉身的、那份極為安詳的想像。

通觀全詩，詩人以精簡的篇幅，詩寫了自我在禪修體驗中對自我之「肉身」的思維與最終的體悟，很成功地向讀者演示了一場詩人針對自我之「肉身」的、從「有執」到「無執」的內在思維／體驗的演變。閱讀此詩，像是聆聽了一段詩人在從事佛法修行時，與自我所進行的內在對話。讀者可以從中感受到詩人對佛法的崇信與喜愛，也可以觀察到詩人從事修行時的各種內在經驗與想像。整體而言，文字清新可讀，意象的運用也極為嫻熟、靈活、自然，且所勾勒的思維體驗也有其思想上的深度。筆者以為，是一篇極精彩的禪詩佳構。

刊登於《葡萄園詩刊》第 238 期

卷二　散文評論

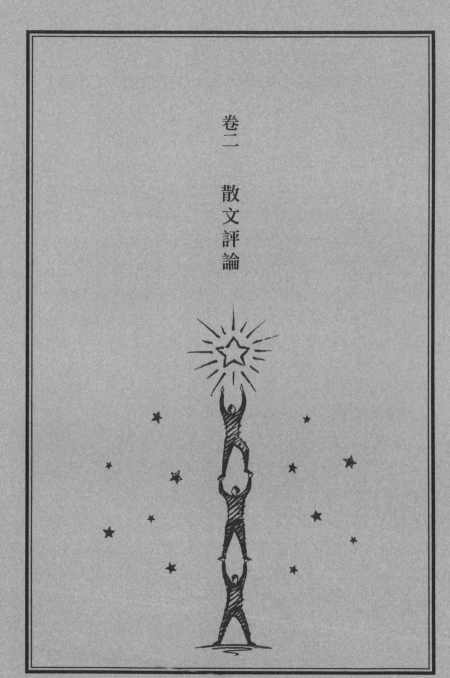

## 01　人生的凝視與期許
### ——評析宋澤萊「梵天大我文學」一則：〈花園〉

　　於 2013 年榮獲第 17 屆「國家文藝獎」的臺灣宗師級作家——宋澤萊（1952 年 2 月 15 日－）先生，創作文類遍及小說、論述（含政治論述、文學論述與宗教論述。其宗教論述甚至開啟了臺灣佛教批判的先河）、現代詩（特別是以臺語創作的臺文詩）與散文，箇中又以小說創作為大宗，也最為讀者及學界所知曉、青睞。

　　依筆者的觀察，學界對宋澤萊文學的評介與研究，長期以來多聚焦在小說作品上，論述、現代詩與散文方面則較少學者關注。這自然是因為宋澤萊先生創作的小說作品數量豐富，亦隨創作時序的推進而展現了極明顯的風格遞變狀況，不論是每時期作品的整體形式、內涵所表徵的文學精神（或說：文學創作的指導思想），或寫作時所聚焦的題材與關懷，都有助於學者對其作品進行內在意涵的掘發與表現手法的辨析、定位與評價。然依筆者所見，宋澤萊先生的其他文類作品，成就同樣可觀，同樣值得識者加以研究；其散文創作甚至深具在臺灣中、高等教育階段的國語文教學現場向廣大學子進行紹介與教學的價值。這也觸發了筆者想進一步選析暨評價宋澤萊散文的念頭。

　　比之小說創作，宋澤萊先生創作的純文學散文，數

量明顯較少，並只集結為宋澤萊先生的唯一一部純文學散文集：《隨喜》，出版於八零年代初期，所蒐篇章主要演述了宋澤萊先生於二十九歲研習參禪的過程中，於冥冥內在所起伏、朗現的各種冥契體驗與心境。涉獵過宋澤萊文學的學者多半知曉：宋澤萊先生是臺灣作家中，少數將文學創作工程與一己之宗教體驗有意識地進行緊密結合的異數，其不同時期的宗教體驗，確實影響著其不同階段的創作意識；其宗教抉擇更前、後經歷了由皈依佛教禪修，到最終信奉基督教，選擇委身「上帝」（God）此一他力大能的轉折過程。而《隨喜》所集結之各篇章，皆創作於宋澤萊先生仍寄宗佛學、也戮力實踐著禪定修行的階段，這類篇章所寄寓的屬於作者的深層思想、心境與胸懷，也皆與其在禪修過程中所觀想、見及到的精神境界與哲理洞悟有關。宋澤萊先生在《隨喜》一書的自序中便說到：

　　我在一九八一年的見性開悟，使我能洞澈禪宗無門關的四十個公案，一個巨大的太一宇宙本體展布在我的眼前，並洞悉到它與萬物的關係，我能感覺到整個宇宙含在一滴露珠上的愉悅，也能察覺到森羅萬象棲息於一句歌聲的歡欣，我的眼前突然亮起來，觸目所及，閃爍生輝。

　　大體這種境界是以宇宙本體為本位，站在太一的立場來觀察人和萬物，宇宙本體是最重要的，人與萬

物不過只是其顯現的一斑而已。本體為真,人與萬物
虛妄不實。

　　由於這些境界太過繁複,無以言傳,當時我就
想以文學的形式來表達,因此寫成一篇一篇的散
文,大抵以寓言為主,詩歌為副,少部分接近小說。
若干篇發表於當時的報章,後收集成本書出版。我
稱這種文學叫做「梵天大我文學」。[3]

　　箇中可見,《隨喜》所蒐篇章,大抵是宋澤萊先生
站在「宇宙本體」的立場來看待現前紛繁的宇宙萬象
所獲致的感悟與啟發,這實則即是《莊子‧秋水》篇
中所揭櫫的,一種「以道觀之」的觀物、衡物態度。
宋澤萊先生於其中概稱「宇宙本體」為「太一」或「梵
天」。涉獵過中國古典哲學者,當知「太一」乃與道家
之「道」、儒家之「天道」、「天理」及「理」等居於
同一存在位階的概念,皆是中國哲學中用以指謂那肇生
宇宙萬物之真實本體的一種稱呼;至於「梵天」則出自
婆羅門教,還有如:「梵」、「大梵」、「大梵天」、
「梵王」、「梵童子」等諸多別稱,是印度哲學於「奧
義書」、「吠陀」時期便基本肯定的宇宙本體,並據
此延伸出婆羅門教中最精奧的修證論思想:「梵我一
如」,亦即主張人之修行的主要目的,便是要將作為個

---

3. 以上三段引文,分別見宋澤萊:《隨喜》(臺北:草根出版事業有限公司,
　2002 年 12 月),序文頁 1、2、3。

體我、靈魂我的「我」（亦即：「小我」）與作為世界唯一真實本體與來源的「梵」（亦即：「大我」）全然融合為一，如此便能超脫一切世俗煩惱，使人們獲致一種真實的無憂與恆在。

進一步地，由宋澤萊先生將《隨喜》所蒐之篇章定名為「梵天大我文學」，我們便可推敲到，其創作此類篇章，大抵皆採取了一種從宇宙本體──如：「梵天」、「大我」、「道」、「天理」──的角度去觀照、省思以及進一步地，要超越現實人生中之各種煩惱、無明與困境的解脫思維，寄託了作者期許包含讀者在內的芸芸眾生們，皆能通過一種與宇宙本體契合為一的視角與胸懷，從而拋開一己作為「小我」的各種無謂的煩惱、執著和憂懼，俾使自我的人生能更加安適、舒心與隨遇而安。依筆者所見，《隨喜》一書中的〈花園〉一文，便是一篇很能表徵宋澤萊「梵天大我文學」之獨特風格與創作意識的優秀作品。原文如下：

> 春雨連綿的日子，我無意地在花園灑滿眾花的種子，然後在室中獨坐。來自遙遠的訪客拉起我的手，他說：「你看，花園的苗都生長了，像盞盞的燈相應而不相妨害。」

> 夏日，所有的草木都競相茁壯，我在灶邊煮食，來自遙遠的訪客指示我到門口，他說：「你看，那

些花園的草木並不相互照顧，強者伸向陽光、弱者
墜入陰暗，他們多麼自私。」

冬天來了，花園的草木俱已凋零，我的訪客說：
「你看，這花園的恩怨豈不如戲，俱無相害也無相
勝。」

我沉思了整個冬天，春雨來時，我再度撒下種
子，讓每一顆有一個平等的位置，同樣有著陽光和
陰暗。[4]

此文前後僅短短兩百餘字，卻能將「梵天大我文學」
的寫作取向與文體風格極恰當地體現出來。全文採「第
一人稱」敘述觀點。文章中的「我」，即是「花園」的
「主人」。文章的整體內容，乃由「我」自敘其與「花
園的訪客」間一連串有關「花園」的三階段觀察，加上
「我」最終的自我省思與期許組構而來。明顯的，有關
「花園」的三階段觀察，都是象徵性十足的文學營構。

首先，在「春天」的階段裡，「花園的苗都生長了，
像盞盞的燈相應而不相妨害」，正象徵著「人生」的初
始階段（或可說：稚孩的階段），而所謂的「苗」，即
象徵著一個個正初生、成長的稚童。在這個階段裡，孩

---

4. 宋澤萊：《隨喜》（臺北：草根出版事業有限公司，2002 年 12 月），頁 4。

童與孩童都各自無憂無慮的生長著、茁壯著，不會相互算計，也不會彼此競爭、傾軋，一個個都像一盞盞彼此照映卻不互相妨礙的「燈」。此處以「燈」為喻，顯然脫胎自佛教華嚴宗慣用的「一室千燈，光光相攝」之喻，這是華嚴宗對「一攝一切，一入一切；一切攝一，一切入一」之「事事無礙法界」的著名譬況；[5] 且作者雖未明言，然故事中的「訪客」與「主人」，顯然滿意於這階段裡花園中之生命的存在表現。

到了「夏天」的階段，「花園的草木並不相互照顧，強者伸向陽光、弱者墜入陰暗，他們多麼自私」，進一步象徵了「人生」的發展階段，所謂「草木」，即象徵著一個個戮力求存、競相往上攀登的人。在這個階段裡，人們為了較好的生活，為了爭取更多的資源，不會顧慮他人的處境，強者自強、弱者自弱；富者愈富，貧者愈貧。「陽光」隱喻強者（或可說：勝者、贏家）的優渥處境，及其所壟斷的較優渥、充裕的資源；「陰暗」則隱喻著弱者（或可說：敗者、輸家）的弱勢處境，及其所取得的較貧乏、不足的資源。文章也藉由「訪客」的批評，點出此階段的人們都是自私自利的。

至於「冬天」的階段，「花園的草木俱已凋零」，

---

5. 此一譬況，後來在不少佛教經註中都曾被化用，如薄益智旭的《佛說阿彌陀經要解》便云：「譬如一室千燈，光光互遍，重重交攝，不相妨礙，是名信理。」

並且「花園的恩怨豈不如戲，俱無相害也無相勝」，象徵著「人生」的收尾（或說：終結）階段。在這個階段裡，人人都將邁入同樣的終點，蒼老乃至於──死亡。所謂「草木俱已凋零」，便隱喻著人們都必將老邁並死亡的共同命運。而無論在人生的收尾階段前，人們如何彼此競爭、相互傾軋，無論過程中誰是贏家、誰是輸家，在避無可避的「死亡」的必然終點站前，都再無意義。可以說，「死亡」是公平的，不會特別偏袒強者或弱者、不會特別關照贏家或輸家。此中，「花園的恩怨豈不如戲」一語，便指點了「人生」中各種競逐、傾軋的虛幻性，引申而言，便有引導人們別執著、陷溺在各種虛幻的競逐與傾軋中無法抽身的意思。

而文章既已點出「人生」中各種競爭、傾軋的虛幻性，理當便暗示了作者對人們能有效超脫這種愚妄之虛幻性的期許。文末所謂：「我沉思了整個冬天，春雨來時，我再度撒下種子，讓每一顆有一個平等的位置，同樣有著陽光和陰暗。」便表現了作者的這種期許。作者期許著從人生的初始階段裡，人人便能擁有公平的立足點，獲致平等的處境與資源，如此，或許人生中諸多無意義的競逐和傾軋，便可以被根本地避免。

另有一點值得一提，亦即：在作者的設計下，花園的「主人」與「訪客」，彷彿一方是創造人世的當局者，最初無審於自我作品的本質與缺陷；一方則是俯瞰人世

的旁觀者，能一針見血地點出創世者作品的本質與不足，最終引領了作為創世者的「主人」對自我作品的正確認識與改造。依筆者的思考，此處的「主人」與「訪客」，實則都可被理解為是作者自己。「主人」是尚未洞澈人生實情的自己；「訪客」則是看透人生實情後的自己，換言之──「主人」是未悟的自己；「訪客」則是已悟的自己。

　　總的說來，文章所構設的故事簡單、易解，意旨深刻卻不流於艱澀。作者所編派的象徵性角色和情節，很能形象化地傳達作者寄望人們能超脫人世紛嚷、止息爭奪相殘的超越胸襟，以及作者希求一個更公平、更和諧之平等人間的悲憫情懷；且敏銳、善思的讀者在閱讀本文時，或許便已能在一邊比對作者原文與筆者之詮析的同時，發覺到同樣的篇章段落，也許從其他不同的角度切入，亦能生出一番別出心裁又出人意表的圓融解釋。故而整體而言，〈花園〉一文的確是一篇優秀的寓言短帙。而在《隨喜》一書中，正隨處可見宋澤萊先生所著意創作的、這種類寓言的或長篇、或短篇；或抽象艱澀、或平易可解的散文創作，等著更多讀者與學者去挖掘其意涵、詮解其哲思。筆者之評析〈花園〉，亦只是嘗試的開始而已。

刊登於《中國語文》第 728 期

## 02 「理想」與「現實」是否殊途？能否同歸？
## ——評析宋澤萊「梵天大我文學」一則：
### 〈夢與現實〉

　　前此，筆者已曾撰文絞明宋澤萊先生獨樹一幟之「梵天大我文學」的創作精神，亦即：從宇宙本體——也就是「大我」——的角度去觀照現實人生中的各種煩惱、無明和困境，期許芸芸眾生（包含讀者）能通過一種與宇宙本體相契為一的視野和胸懷，拋開一己——也就是「小我」——的各種煩惱、執著和憂懼，俾使自我的生命能更加安適與隨遇而安。亦以其〈花園〉一文為評析對象，初步展示了宋澤萊先生此種類寓言作品的散文風貌。以下，筆者將進一步詮評其〈夢與現實〉一文，俾能更加豁顯宋氏「梵天大我文學」的創作旨趣與殊勝之處。該文同樣收錄在宋澤萊先生唯一一本「梵天大我文學」的集結之作：《隨喜》一書中，原文如下：

　　　　夢和現實終於分開了。在長長的爭攘後，現實走向了十字街頭，而夢走向未知的深處。現實宣稱他完全地自由了，他睜開新奇的眼睛，認識所有的貨品和銀幣，他必須要看管所有的大街和小巷、熙攘的人群和乾裂的小巷。有一次他終於在巨大的鐵工廠受傷，而躺在地上，少女施捨他一滴的眼淚，現實拒絕說：「噢，那是夢的東西，我不要。」而

所有溫柔的繃帶都跑來包紮，現實說：「噢，妳們
這些夢的傭兵！」他用水泥糊住傷口，用鋼鐵撐起
身體，睡在石頭的地板上，所有的人逐漸看出現實
正在枯萎，美好的面孔多麼機械和乾燥。夢卻置身
在不可知的大世界，她多麼愉快地脫離現實，翱翔
在不可測的宇宙，她可以讓幻想的諸神邀宴。有一
次她接受森林神祇的請帖，走了兩天的行程，卻迷
失在巨大的林中，方向儀跑著來帶路，夢拒絕說：
「噢，那是現實無趣的東西。」星星展佈他們的天
文的地圖，夢說：「噢，你們這些現實的謀士。」
她只能困守在小屋，螢火蟲們注意著她的徬徨和困
苦。現實日日地看見街市的油汙和殺戮，夢在小屋
撞見可怕的地獄、死的牙齒。他們謀求見面，在西
班牙的馬德里市，他們會面，宣示他們看見新的世
界。他們復合成唐吉軻德，有著情婦、真理和遠征。

　　但是，在東方，當一顆梨花盛開的早晨，嬰兒
在樹下展開粉紅的笑靨，而老人搖扇若有所思。我
們的夢和現實壓根兒從未見過。[6]

　　該文所關注的，顯然是「理想」與「現實」兩造價
值間的緊張關係。可以說，對許多人而言，選擇直面「現
實」，通常便意味著必須放棄「理想」；反之，選擇實

---

6. 宋澤萊：《隨喜》（臺北：草根出版事業有限公司，2002 年 12 月），頁 5-6。

踐「理想」便必須忽略「現實」。因而在許多人心中，總免不了得為了「理想」與「現實」二者，生起一種意志抉擇上的拉鋸。〈夢與現實〉一文，起首便以「夢和現實終於分開了」的情境敍述破題，既將「夢」與「現實」二者擬人化，也以二者間的分道揚鑣，形象化了上文所言，在許多人心中，「理想」與「現實」只能在實踐上有所偏取，不能兩者兼顧的困局。其中，「夢」即是「夢想」，也就是「理想」；而言「夢」與「現實」是「終於分開了」，「終於」一詞雖極尋常，但揀用於此卻能有效暗示到：冰凍三尺非一日之寒，「夢」與「現實」之間的分道揚鑣，是在歷經長久的對立、衝突後才終於肇致的結果。其後，宋澤萊先生便著意以「夢」與「現實」二者在各奔前程後的象徵性體驗和終局，隱喻了在真實人生中，偏取經營「現實」和偏取追求「理想」可能分別面臨到的窘境。

與「夢」分道揚鑣後，「現實」走向的是「十字街頭」，認識的是「貨品」和「銀幣」，看管的是「大街和小巷」和「熙攘的人群」；用以處理傷口的是「水泥」、撐起身體的是「鋼鐵」；睡的是「石頭製的地板」，受傷的地點是「巨大的鐵工廠」。從「十字街頭」、「貨品」、「銀幣」、「大街和小巷」、「熙攘的人群」、「水泥」、「鋼鐵」、「石頭製的地板」到「巨大的鐵工廠」，無一不是現實中確然存在的物事，

且除了「熙攘的人群」以外，更無一不是在存在屬性上偏具冷硬、僵固與呆板色彩的物事；尤其，必須看管所有「大街和小巷」和「熙攘的人群」、在「巨大的鐵工廠」受傷倒下、睡在「石頭製的地板」等描繪，更形象化地凸顯了「現實」在與「夢」分別後究竟生活得多勤懇、多忙碌。他甚至把少女憐憫的眼淚視為「夢的東西」、把可以包紮傷口的「繃帶」視為「夢的傭兵」，此中再次強調了在真實人生中，執著於經營「現實」的人們對實踐「理想」的追求有多警戒和不以為然。最終，堅持此種人生的「現實」生命漸漸枯萎、面容變得「機械」又「乾燥」，這象徵著在真實人生中那類僅汲汲於經營「現實」的人們，他們的生命質地將日復一日越見枯燥、呆板與一成不變，且「現實」最後的下場竟是「日日地看見街市的油汙和殺戮」，文章便是以此定位到：僅執著於經營「現實」的人們，人生必定難以圓滿，亦終將陷於困境。

至於「夢」，她和「現實」分道揚鑣後置身於「不可知的大世界」、翱翔在「不可測的宇宙」，可以「讓幻想的諸神邀宴」、「接受森林神祇的請帖」。此中，形容「夢」身處在「不可知的大世界」與「不可測的宇宙」，雖頗具奇幻色彩，卻也極有力地反襯出，真實人生中那類敢於破釜沉舟、灌注全副心力去追求「理想」的人們，他們的付出究竟能否得到實際的回報？他們的

235

想望究竟能否獲致實現？一切都是難以篤定的未知數；同樣的，說她能「讓幻想的諸神邀宴」、「接受森林神祇的請帖」，雖看似美麗、夢幻，但僅僅是「幻想」二字便足以提醒讀者：完全無視於「現實」的顧慮後，「夢」所遭逢的境遇暨其間可能帶給她的一切欣悅與滿足，可能都僅是海市蜃樓，是暫有而詐現的夢幻泡影。進一步地，說她「迷失在巨大的林中」，更暗示了在真實人生中那類執著於追求「理想」的人們，在殷殷實踐「理想」的過程中，可能因各種不切實際的想望而陷於迷惘、甚至失卻既定的人生方向；尤有甚者，身陷此種困境，對伸出援手的「方向儀」和星星展佈的「天文的地圖」她仍舊拂之不受，視之為「現實無趣的東西」、「現實的謀士」，箇中凸顯的，則是執著於追求「理想」的人們，對回頭顧及「現實」生活的需求有多警戒和不以為然。最終，堅持此種人生的「夢」只能「困守小屋」，陷於徬徨和困苦，這一針見血地象徵到：在真實人生中那類僅汲汲於追求「理想」的人們，必將遭逢的生活困頓──包含：經濟上的窮苦。且「夢」的最終下場竟是「在小屋撞見可怕的地獄、死的牙齒」，文章便是以此定位到：僅執著於追求「理想」的人們，不僅可能無法見到一個「理想」終得實現的「天堂」，反而將陷身於一個生活上的基本需求都無法得到滿足的「地獄」，與窮苦和死亡為鄰。

　　從文章為各奔前程後的「夢」與「現實」精心編派各種極具象徵性和諷刺意味的遭遇和下場來看，宋澤萊先生對於在真實人生中偏取經營「現實」和追求「理想」的人，顯然都是加以批判的。因而，文章緊接著寫到，「夢」與「現實」謀求見面並復合，這顯然是進一步象徵著另一類人：知曉著偏取「理想」和「現實」都必然遭受困境、難得圓滿，因而積極想折衷兩者、兼顧兩者的人，也就是——在追求「理想」時不忘經營「現實」、在經營「現實」時不放棄追求「理想」。但必須注意，宋澤萊先生對這樣的實踐面向仍是加以批判的，因為在其筆下，「夢」與「現實」謀求見面的場所是西班牙的馬德里市，且他們復合後是成為「唐吉軻德」（Don Quixote）。涉獵過西方文學史的人應知，唐吉軻德乃西班牙作家塞萬提斯（Cervantes）所撰名作《唐吉軻德》中的主人公，西班牙馬德里市中的「西班牙廣場」上，正有著為紀念塞萬提斯而豎立的、唐吉軻德和他的僕人桑喬．潘沙（Sancho Panza）的雕像，「西班牙廣場」也因此成為西班牙著名的旅遊景點。在塞萬提斯筆下，唐吉軻德是「反騎士文學」的表徵，是一個雖崇尚自由、浪漫，也嘗試著反抗壓迫、堅持正義的人物，但卻耽於幻想、脫離現實，從而做出各種不切實際、徒勞無功的滑稽之舉，是個既經典又深具諷刺意味的小說人物。而宋澤萊先生既以「唐吉軻德」名「夢」與「現

實」復合後的結果，那麼，在其深層思考中，僅是折衷、兼顧到「理想」與「現實」二者，便也理應不是最適切的實踐取向才是。那麼，什麼樣的實踐取向才是最適切的呢？

　　全文以「但是，在東方，當一顆梨花盛開的早晨，嬰兒在樹下展開粉紅的笑靨，而老人搖扇若有所思。我們的夢和現實壓根兒從未見過」一段作結，在此，梨樹下的「老人」和「嬰兒」實可說是智者、哲者的化身，但為何「老人」、「嬰兒」可被視為智者、哲者的化身呢？原因只能從「我們的夢和現實壓根兒從未見過」一句加以推敲。說「夢」和「現實」從未見過，即說明了兩者間互不相識，既如此，兩者便無從區分彼我的差異，更無所謂對立、衝突的產生了！這實則表徵著一種泯除了「理想」與「現實」兩造間之對立、衝突的更加超越的視野，也就是：主體自身對「理想」與「現實」兩造價值皆無所執著，更明確地說──是泯除了在主體認識上的、對「理想」與「現實」二者的內涵判分，故而能對二者皆無所執著，在實踐上也無所偏取。「嬰兒」因於初生、未歷世事，在其心中自然無所謂「理想」與「現實」的區別、以及因這種區別而有的偏取和執著；至於「老人」，則因遍歷世事、久經滄桑，因而能洞悟到：舉凡「理想」與「現實」二者間的區別、以及因

於這種區別而有的在實踐抉擇上的各種掙扎、焦灼和煩惱，皆純是虛妄的、毋須存在的。

　　整體而言，〈夢與現實〉一文通過精心編派「夢」與「現實」二者所各自經歷的極具象徵性和諷刺性的處境與遭遇，先批判了偏取「理想」與偏取「現實」兩種人生實踐的取向，這可說是文章的第一層批判；其後，又通過「老人」、「嬰兒」對「理想」與「現實」兩造價值的無心、無分別與無所執著，進一步批判了欲折衷、兼顧到「理想」與「現實」二者的實踐取向，這可說是文章的第二層批判。宋澤萊先生的這種思考，自然是一種從「宇宙本體」──也就是「大我」──的角度出發去觀照「理想」與「現實」二者間的緊張關係，方能得出的結果。此中，偏取於「理想」或「現實」一端的抉擇自然有誤；且那種積極折衷、兼顧二者的實踐取向，以一般世俗的論物衡事標準來看，自然也已頗佳，但這兩種思考終究都停留在以「人」──也就是「小我」──的角度出發去嘗試思考與調解「理想」與「現實」二者間的緊張關係，與從「宇宙本體」的角度出發所進行的反思，終究是有所懸距的。

刊登於《中國語文》第 730 期

# 03 契入「本體」，實現「自由」
## ——評析宋澤萊「梵天大我文學」一則：〈飛鳥〉

　　宋澤萊先生所撰〈飛鳥〉一文，亦是其「梵天大我文學」中的一篇，同樣收錄在《隨喜》一書中，與〈花園〉及〈夢與現實〉一般，亦是一篇寓言形式的散文短帙。通篇僅七百餘字，卻寄寓了深邃的人生哲理，及宋澤萊先生對一種自由、自得之生命質地的深層嚮往；且通篇文字雖簡，卻饒富抽象的情節與機趣的對話，寓意甚為艱澀、深奧，極具解讀、探論的空間。通篇可分為前後三個層次，每個層次的書寫雖皆以「飛鳥」為敘事或議論的核心，卻各有其聚焦的哲理思考，只是三個層次的思考主題，亦是彼此緊密相連的。第一個層次的書寫如下：

> 　　「我的足跡何可存留？」那鳥兒嘆息地說：「人們卻細數他的腳印。」那嫉妒的走獸說：「鳥不能與天空脫離是最大的悲劇。」鳥類向虎狼說：「當然的，我常饑餓，不擇齒爪而擇羽毛，為的只是擁有更多的天空。」天空因著鳥而有了生命。認識自己的鳥只願化身天空飄過的一首歌。[7]

---

7. 宋澤萊：《隨喜》（臺北：草根出版事業有限公司，2002 年 12 月），頁32-33。

　　箇中明確區分出兩種主體的生命視角：一種是「鳥」的視角，作為生命主體，他屬於一種「得以在天空翱翔的生命」，且更深一層的，即是隱喻一種「不受拘限的、自由的生命」；二是「走獸」的視角──亦即「虎、狼」的視角，他們屬於一種只能在陸地伏行的生命，且隱喻一種「受拘限的、不自由的生命」。在文學表現上，宋澤萊先生同樣將「鳥」與「走獸」（虎、狼）擬人化，透過編織兩造的各自發言與彼此對談，呈現其所欲抒發的生命哲理，這也是寓言品帙的、最明顯也最常見的形式特徵之一。首先「鳥」發出慨歎：「我的足跡何可存留？」、「人們卻細數他的腳印」。此處的「他」字應是誤寫，原應作「我」字，也就是表達「鳥」作為發言者的、「第一人稱」的自述。依筆者的解讀，全文以「鳥」慨歎人們總細數其所留下的、短暫而必將磨滅的足跡起首，應寄寓了以下兩層意旨：（一）以人們總是追逐「鳥」在陸地上留下的足跡，托出宋澤萊先生對一種真實之生命情境的反省，那就是：在現實生活中，總有人不內審自我的本質，習於向外企羨他者的生命。在此，作為通篇散文的敍述與論議的核心──「鳥」，顯然承擔了一種「被企羨的他者」的角色。當然，有被企羨的他者，自然就有企羨他者的角色。從宋澤萊先生形容「虎、狼」為「嫉妒的走獸」可知，企羨他者的角色，自然就是指「虎、狼」；而從

「虎、狼」嫉妒而吃味地說著：「鳥不能與天空脫離是最大的悲劇。」更可見：只能於陸地伏行的生命（虎、狼），是如何歆羨能於天空翱翔的生命（飛鳥）。宋澤萊先生還進一步以「鳥」的回應：「……我常饑餓，不擇齒爪而擇羽毛，為的只是擁有更多的天空。」旁敲側擊地說明了：「鳥」在天空翱翔之所以會吸引「虎、狼」歆羨，主要是因為能獲得「更多的天空」。此中，「天空」即是「自由」的隱喻，因為鳥類展翅翱翔，在壯闊的天穹中自在騰飛的姿態，於文學體裁中，常作為一種表徵自由自在之精神或敢於築夢、敢於追逐理想之勇氣的意象而存在；而「更多的天空」即是指「更多的自由」之謂。反過來，只能在陸地上伏行的「虎、狼」，因為無法企及「天空」，無法於「天空」翱翔，自然便不擁有「自由」，所以才會生起向外歆羨於「鳥」的心態。再看「不擇齒爪而擇羽毛」一句，「齒爪」乃「虎、狼」所有，能用以補食獵物以滿足口腹之慾，這隱喻了現實生活中人們對「物質」的追求，也反過來意指著：人們之所以無法獲得「自由」，便是因為執迷於「物質」的追求；而「羽毛」則是羽族得以飛翔的、生理機制上的助緣，其隱喻了現實生活中的人們對「自由」這種「價值」的追求。因而，「不擇齒爪而擇羽毛」，實則總的隱喻了一種寧肯放棄「物質」追求、而獨鍾「自由」之「價值」追求的生命實踐；（二）宋

澤萊先生也是以人們總是追逐「鳥」在陸地上留下的足跡，托出「形而上」與「形而下」之兩層存在的對比區分。這是說：「鳥」縱然也能降臨陸地而留下足跡，但終究會返回天空。而「鳥」在陸地上留下的足跡是「有形」卻「短暫」的，這隱喻了「有形的、形而下的存在」的本質，亦即：一切形而下的存在，都是有形且短暫的；至於「鳥」返回天空翱翔卻無有痕跡留存，則隱喻了「無形的、形而上的存在」的本質，也就是：形而上的存在，是無形且永恆的。但什麼是「無形的、形而上的存在」呢？依宋澤萊先生撰作「梵天大我文學」的創作意圖來推敲，最順適而合理的理解，自然是：宇宙本體。

　　總結的說，〈飛鳥〉一文第一個層次的書寫，文字雖簡短、簡明，寓意卻曲折、深邃，它一方面指陳了現實生活中那種習於追求「物質」而無以獲得「自由」，僅能成就一種「受拘限的、不自由的生命」的存在，他們總是向外企羨那些習於追求「自由」的「價值」而能獲得「自由」、能成就一種「不受拘限的、自由的生命」的存在；一方面又區分了「有形的、形而下的存在」與「無形的、形而上的存在」——也就是「宇宙本體」——之間的本質差異。然而，宋澤萊先生雖未明言，但這兩方面的意旨卻是有所關連的。這是說，「有形的、

形而下的存在」是短暫且終必消滅的，而其也通常是一種習於追求「物質」而無以獲得「自由」的「受拘限的、不自由的生命」；相反的，那種習於追求「自由」的「價值」而能獲得「自由」、能成就一種「不受拘限的、自由的生命」的，則總是那種能盡力去企及、去融入於「無形的、形而上的存在」——也就是「宇宙本體」——的存在。全文第二個層次的書寫則如下：

> 那隻鳥犯了兩次的錯誤。第一次是早前，牠常感嘆自己只是飛鳥，不能在水裡游泳，每次牠掠過水面，就看到那些魚在水裡自由自在地載浮載沉，牠利用體力最好的一個時刻，拔掉羽毛，希冀變身成魚，終而躍入水中。當牠接觸到水時，寒冷徹骨，不能呼吸，只好掙扎求生。上岸後，牠埋怨了幾個季節，不飛不語。第二次的錯誤是：現在牠彷彿把自己禁錮於天空，而輕視一切不能飛行的生物。[8]

在此，宋澤萊先生集中探討了第一個層次的書寫中所帶出的問題，也就是「人們總向外企羨於他者」的問題。書寫上展現了「辯證」思維，將在第一個層次的書寫中居於「被企羨的他者」之位置的「飛鳥」，置換為企羨他者的角色。「飛鳥」所歆羨的，是能在水中優游

---

8. 宋澤萊：《隨喜》，頁 32-33。

自得的「魚」，甚至為了變成「魚」而投水，幾近於死地。這簡潔而極富概括性的敘事，顯然脫胎於《莊子》一書中「渾沌開竅」的寓言：南海之帝「儵」與北海之帝「忽」，因受中央之帝「渾沌」的招待而亟思回報，彼此商量到：「人皆有七竅，才能看、能聽、能飲食、能呼吸，『渾沌』卻一竅也沒有……」於是「儵」、「忽」為「渾沌」鑿了七竅，「渾沌」卻因此死亡。[9]此寓言乃喻物各有性、性各自足，物物事事的型態、內涵雖千差萬別，但各各皆是自足而圓滿的存在，毋須企羨他者，更毋須仿習他者。仿習他者，適足以扼殺己身天賦的自足、圓滿之性，非但無益，甚且有害。寓言中，「儵」與「忽」正是不審這種道理，以有「竅」為圓滿、以無「竅」為缺疏，從而對「渾沌」做出了愛之適足以害之的、畫蛇添足的愚行。總的來看，這個層次的書寫，實則就是在演示《莊子》的這種思想。關於物物事事皆天賦自足、圓滿之性的道理，宋澤萊先生一方面以「飛鳥學魚」之喻批判了向外企羨他者、追逐他者的愚蠢，一方面又反過來，以「飛鳥」將自己禁錮於天空、甚至輕視一切不能飛行的生物是犯了「第二次的錯誤」來強

---

9. 此寓言出自《莊子・應帝王》，原文為：「南海之帝為儵，北海之帝為忽，中央之帝為渾沌。儵與忽時相與遇於渾沌之地，渾沌待之甚善。儵與忽謀報渾沌之德，曰：『人皆有七竅，以視、聽、食、息，此獨無有，嘗試鑿之。』日鑿一竅，七日而渾沌死。」見（清）郭慶藩輯、（民國）王孝魚點校：《莊子集釋》（臺北：頂淵文化事業有限公司，2001 年 12 月），頁 309。

化申說的力道。所謂「禁錮於天空」即是指人們閉目塞聽，將自己閉鎖在自己的世界裡目空一切；所謂「輕視一切不能飛行的生物」，則是隱喻著一個人以自己的長處傲睨他人的傲慢心態。然而，存在的真相是：物物事事皆天賦自足、圓滿之性，雖一一物事各自性足且性各有殊，但任何一物事所具之性，皆各有其圓滿、充足的內涵，無有任何一性對它性具有優越性；引而申之，任何一物事對其他物事也皆沒有優越性，如此，「飛鳥」以自己的長處、天性——能展翅飛翔——去「輕視一切不能飛行的生物」，本是愚蠢且錯誤的。全文第三個層次的書寫則如下：

　　一羣養鳥以娛天年的老人聽說那教師在市集終日宣講「一無所知」之道，感到好玩，就請他到鳥園，共談飛鳥的道理。那個教師為他們舉證歷史說：「人類最早的飛行是模仿鳥類，身綁羽毛，從樹跳下，可惜往往飛行不成，摔傷自己。」老人們覺得很新奇。當中有一個最老的老人就作揖站立，向所有的人說：「為什麼人們有想飛的慾望？」眾人皆不能答，就問教師，那教師就說：「大概那人記得未臨世界之前，如鳥於空。」老人們都不解其意，只有那最老的老人點頭微笑。第二次，教師又為他們舉證歷史，說：「最大的飛行壯舉是越過大洋，

由美洲東岸抵達歐洲之西。」老人們都覺驚異。那位最老的老人又作揖站立，他問所有的人說：「何以那人自信他能飛越大洋？」眾人皆不能答，又問教師，教師就說：「大概那人記得來到世界是飛行而來。」老人都不解其意，只有那最老的老人點頭微笑。不久，那最老的老人即將逝去，他擱鳥於側，問眾人說：「如何我可不死？」眾人不能回答，乃問教師，教師說：「問於飛鳥。」那最老的老人點頭微笑，趺坐而亡。[10]

箇中擬構了一「教師」與一群老人關乎「飛鳥」的談話。從「教師」在市集中終日宣講「一無所知」之道的角色設定，顯見「教師」在此一層次的書寫中，扮演了一種「先知」、「智者」的角色，因為這「教師」的人物原型，明顯取樣於古希臘三哲中的蘇格拉底。這一連串對談中，思維最深邃的部分，都落足在「最老的老人」與「教師」之間的一問一答上。上文筆者已分析，在第一個層次的書寫中，「飛鳥」於天空飛行這樣的意象，應是縮合了兩種相關聯的思考，亦即：「飛鳥」於天空飛行，既表徵了習於追求「自由」的「價值」而能獲得「自由」、能成就一種「不受拘限的、自由的生命」的存在，也表徵了能夠企及、融入於「無形的、形而上

10. 宋澤萊：《隨喜》，頁 33-34。

的存在」——也就是「宇宙本體」——之中的存在。承此，若讀者將此處幾層問答中的「飛鳥」理解為是一種全然「自由」、全然「與宇宙本體融為一體」的存在的隱喻；將「飛鳥」的飛行之事理解為是「實現自由」、「實現著與宇宙本體融為一體」之事這樣的隱喻；而將「天空」理解為是「真實的自由」與「真實且恆存的宇宙本體」的隱喻，這樣，「最老的老人」與「教師」間的一干問答，其深奧難解的哲理意蘊，便能獲致有效的解釋。

這是說：當「最老的老人」第一次提問到：「為什麼人們有想飛的慾望？」這問題的真實提法應是：「為什麼人們有追尋自由與恆久存在（永存、不朽）的慾望？」而教師答以：「大概那人記得未臨世界之前，如鳥於空。」這回應的實義則應是：人們之所以有追尋自由與恆久存在的慾望，大概是記得，還未變現為此一現世中的具體存在前，就像飛鳥翱翔在天空中，也就是——在實際變現為現世中的具體存在前，所有具體存在皆是真實自由的且恆久存在的宇宙本體中的一部分，因而皆與宇宙本體同其自由、同其不朽。人們之天然地慾望著自由、天然地慾望著恆在，乃因於此；而「最老的老人」第二次提問到：「何以那人自信他能飛越大洋？」這問題的真實提法則應是：「為什麼那人自信能求得自

由與恆久存在（永存、不朽）？」而教師答以：「大概
那人記得來到世界是飛行而來。」這回應的實義則應是：
人們之所以有自信能實現自由、能實現與宇宙本體的融
合為一，大概是因為一切具體存在之變現為具體存在，
就像飛鳥是飛行著來到這世界一樣——也就是一切具
體存在之變現為具體存在，都是本與宇宙本體融為一體
的、本質上即是宇宙本體之一部分的具體存在們，自由
地且是自在地、自然地變化而來，這種變化沒有任何理
由、沒有任何目的，也不受任何拘束和牽繫。面對「教
師」對這兩個問題的回應，「最老的老人」都點頭微笑。
顯然「教師」的思考，契合於「最老的老人」的思考。
而最後「最老的老人」提問到：「如何我可不死？」這
問題的真實提法實際上應是：「人們能如何實現真實的
自由、能如何獲致真實的永存？」而教師答以：「問於
飛鳥。」這回應的實義則應是：人們想實現真實的自由、
想獲致真實的永存，那就向「飛鳥」學習吧！——也就
是學習「飛鳥」——正如上文所言：「飛鳥」在全文中，
表徵著一種全然「自由」、全然「與宇宙本體融為一體」
的存在——那樣，試著體悟宇宙本體的存在，並與宇宙
本體融合為一。只因：唯有宇宙本體是真實自由且真實
永存的究極存在。「最老的老人」聽聞回答後，不只「點
頭微笑」，甚至「趺坐而亡」的全文收結，不只說明了
「最老的老人」對這思考的讚同，甚至以己身的「死

亡」，證成這番思考。因為「最老的老人」本亦是現世
中的具體存在之一，其「死亡」正代表其作為一「有形
的、形而下的」也是一「受拘限的、不自由」的短暫的
生命已然告終，但也正因如此，他將真正融入於那「無
形的、形而上的」也是「不受拘限的、自由的」宇宙本
體之中，再次與宇宙本體同其自由、同其不朽。至於若
有人追問：和宇宙本體融為一體從而達致真實的自由與
永存，是真的能實現的嗎？「最老的老人」與「教師」
間的前兩組問答，其實早就給出了無聲而正面的答案，
那就是：一切現世中的具體存在，皆是從宇宙本體變現
而來的，因而，和宇宙本體融為一體從而達致真實的自
由與永存，是確然可以實現的，只因為——那只是一切
具體而短暫的存在，向著己身那真實且永存的存在根源
的究極回歸而已。

通讀全文，讀者應可明顯感受到宋澤萊先生冀求現
世中的人們，皆能通過一種契悟宇宙本體、融入宇宙
本體的實踐，將一己本自短暫、本自難於自由的有限
生命，昇華為一種永恆的、且真實自由之生命的真情
期許。通篇擬構的象徵式情節及對話，雖艱澀而不易
索解，但也為此更能帶給思維敏銳的讀者們，一種須得
抽絲剝繭、層層推敲，一種尋思寓言體篇章之奧隱意旨
的閱讀樂趣。另外還值得一提的是：本文雖確為宋澤萊

「梵天大我文學」的典型作品，但通篇所演述的生命哲理，實則是很《莊子》的。從冀望人們通過一種返歸宇宙本體的實踐以獲致真實之自由生命的祈嚮，到脫胎於「渾沌開竅」之喻的、「飛鳥學魚」之喻的變形書寫，再到文章結尾視「死亡」為一確實得以返歸本體、從而獲致真實之自由與永存的實踐通道，在在顯示出〈飛鳥〉一文與《莊子》文本，確實具有哲理上的契應性與相似性。將兩者對讀、參照，也許更能裨益讀者了解到〈飛鳥〉一文的深刻意旨。

刊登於《中國語文》第 737 期

## 04　話別延平街
### ──評析林美琴〈老街紀事〉一文的地誌書寫

### 一、前言

　　地誌書寫，向來是文學創作的熱門題材之一。一特定地域獨有的人、物風貌或一特定地景所乘載的內、外緣特徵暨內涵，總能牽引文學創作者的情思，激發文學創作者的寫作靈感。是以，在小說、散文、現代詩或戲劇的創作中，不獨專以特定地域、地景作為書寫（或報導）對象的作品所在多有，即便是非以特定地域、地景作為創作主題的文學篇章，也常有涉及對一特定地域乃至地景的紹介、懷想或審視者。近年來，文學地景之引人注目；連帶著，各縣市政府及民間單位對在地文學地景的重視與保護，乃至於對相關走讀、遊觀事業的發展與提倡，皆可反映地誌書寫的興盛與重要。與此相關的，近年來在大專院校的國文課程變革中，引領與課學子閱讀地誌書寫佳構，進一步通過對在地文學地景的巡覽，使與課學子與其所實際踏足、生活的在地場域之間得以架起溝通、互動的心靈橋樑，從而能更加親近在地、認同在地的操作，已成為一種越來越被教學現場所接受並實踐的教學策略。為此，對地誌書寫佳構的掘發、紹介與解析、鑑別，無論在本國語文的教學或研究

工作上，允應皆有其意義與價值。本文對林美琴〈老街紀事〉一文的解析，即是對此項工作的嘗試。

## 二、延平街的身世：〈老街紀事〉的寫作背景

〈老街紀事〉一文的作者——林美琴（1966-）女士，乃臺灣宜蘭縣人，臺灣師範大學國文系學士、美國南加州大學東亞語言與文化研究所碩士。主要從事寫作與讀、寫教學的研究，常受邀擔任讀書會領導人、讀書會領導教師培訓課程講師、大眾閱讀課程講座。曾擔任國立臺灣文學館、聯合報「好讀」週報及中華日報「生活美學」專欄主筆。作品曾獲教育部文藝獎、府城文學獎、臺灣新聞局優良作品獎。著作有《南臺灣文學作品集（四）：情人果》、《寫出精彩的人生：生命傳記與心靈書寫》、《讀冊做伙行——讀書會完全手冊》、《營造教學的魅力》、《上作文課了》、《繪本有什麼了不起？》等十餘種。[11] 其寫作〈老街紀事〉一文，所記者乃臺南著名老街——延平街被拆除、拓寬當下，作者造訪當地時的所見、所思與所感。「延平街」即今日人們所熟知的「安平老街」，乃荷蘭人據臺時期於安平闢建

---

11. 此處對林美琴女士的簡介，參考林美琴：《南臺灣文學作品集（四）：情人果》（臺南：臺南市立文化中心，1998 年 6 月初版）的作者簡介；王建國主編：《臺南青少年文學讀本・散文卷》（臺南：臺南市政府文化局，2018 年 8 月初版），頁 364。

的街道，至今仍被廣泛訛稱為「臺灣第一街」。[12]

　　西元 1630 年荷蘭人為了永久經營臺灣，開始建造熱蘭遮城（安平古堡），同時也在熱蘭遮城的城東闢建街鎮，該街鎮即為「延平街」，荷蘭人稱之為「熱蘭遮街」；進入清領時期，該街鎮商客雲集，在地居民泛稱其「市仔街」，另有「石板街」（因街道乃由石板鋪設）、「臺灣街」等異稱，街上雜貨店、香燭店、中藥行、蜜餞行、鐘錶行、麵粉店、棉被行、珠寶店、飲食店等商販一應俱全，不獨為外地商客絡繹往來之地，對安平的在地住民而言，僅此延平街，即可包辦衣食住行、婚喪喜慶乃至生老病死等一生日常的所需用度；當時的安平人，包含嫁娶之喜、殯葬之喪，隊伍都必經延平街，以此昭告鄰里、周知世人。

　　進入民國時期，因老舊街道承襲清代臺灣的城市規制，闢建之初僅設兩、三公尺寬的街距，致使行人、腳踏車雖容易穿梭其間，汽車卻難以駛入。當地居民基於未來發展、交通改善及居宅安全等現實考量，遂極力爭取拓寬。自民國 83 年（西元 1994 年）起，延平街擴

---

12. 自「延平街事件」發生開始，「延平街」常被稱為「臺灣第一街」，但實際上這是訛傳。在臺灣島上闢建的第一條街道，應是荷蘭人於 1625 年開始，以「大井頭」為起點向東闢建的「普羅民遮街」（現址為：自位於民權路二段、永福路交叉口的「大井頭」向東直行，沿民權路直至「北極殿」間的路段）。參考曹婷婷：《府城．老時光：從安平到舊城區》（臺南：臺南市政府文化局，2014 年 12 月初版），頁 15-17。

建與否，演變成全臺文化界與當地居民間的對抗，前、
後共歷時達一年半，堪稱臺灣自「解嚴」以來最大的一
場文化抗爭事件，一般稱之為「延平街事件」。不獨時
任行政院長的連戰一度下令暫停拆除；在文化界人士的
奔走呼籲下，在當年進行的省長、立委及市長選舉中，
關於如何處置延平街，也成為候選人不能迴避的競選議
題之一，當時競逐臺灣省長的國民黨籍宋楚瑜、民進黨
籍陳定南，都曾對此進行表態，希望保留延平街；自民
國 84 年七月底開始，延平街居民趕在政府單位前頭，
開始自主拆除街屋；臺南市政府也於該年八月一日正式
啟動拆除、擴寬延平街的工程，故此有了現今「安平老
街」的發展規模。[13]

### 三、以文字話別老街：解讀〈老街紀事〉

〈老街紀事〉一文，通篇約兩千字，作者以冷靜的
文字基調，通過前、後共七個主段落的書寫，既描繪了
老街居民親身參與拆除工程的情景，概括了外地群眾受
媒體影響而蜂聚老街、好奇遊觀的場面，也娓娓示現出
老街上之往昔生活情態的畫幅，抒發了老街隨時光遞嬗

---

13. 以上對「延平街」相關沿格暨其拆除、拓寬事件的說明，參考曹婷婷：《府
城‧老時光：從安平到舊城區》，頁 32-34；也參考「VRbyby 全國廟宇網」
的相關記述，網址為：https://www.google.com/search?q=%E5%85%A8%E5%9C
%8B%E5%BB%9F%E5%AE%87%E7%B6%B2&oq=%E5%85%A8%E5%9C%8B
%E5%BB%9F%E5%AE%87%E7%B6%B2&aqs=chrome..69i57j69i61.3844j0j15&
sourceid=chrome&ie=UTF-8。

而不斷喪失舊日面貌的感懷，更凸出了老街居民因現實處境與生計考量而主張拓寬老街的「在地觀點」，與文化界人士基於歷史遺產的維護而主張保留老街原始風貌的「非在地觀點」間的衝突、拉鋸。文章的最後聚焦黃昏情境下的老街景象，點染了一干正經受拆除工程的老街上的人、事與物，以微觀及蒼涼中略帶豁達的筆觸收結全文，使讀者彷彿聆聽了一段作者與老街的內在話別。

　　第一個段落即破題，作者描繪了造訪老街當下的眼前所見：

　　　　飽藏近五百年的繁華與滄桑，臺灣第一街——臺南延平街——滿身古典的風韻佈滿塵埃。居民監督著怪手拆開舊宅老態龍鍾的的關節，將數百年興衰悲喜的歷史印記和身世輪迴的無常交替一併送終。斑駁的樑柱被怪手致命搏擊，搖搖欲墜卻不倒地，彷彿仍想強拉過往的繁華回頭。……經歷幾百年歲月的老木蒼勁厚實，可是外表頹圮剝落，完全掩蓋了內在的好材質，蔽身現代角落的老街隱沒歲月的深層內涵，與現代文明喧嘩取寵背道而馳，只好默默獨酌世紀末的悲涼。……老街跨過古典和現代的藩籬後，結束唯我獨尊的獨特風貌，留待後人在破碎的記憶中重新拼湊完整的歲月。[14]

14. 林美琴：《南臺灣文學作品集（四）：情人果》，頁 103-104。

　　文章先點明身負「臺灣第一街」之名的延平街，正因街道拆除工事的進行而塵埃漫天。在此，老街「滿身古典的風韻佈滿塵埃」的場面點染，既寫工事現場塵土飛颺的具體實況，也寫老街終究蒙塵而正轉身謝幕的抽象命運，並且──老街一身古典風韻的讚詞，也隱然托出了作者對老街拆除事件的價值判斷。其後居民指揮怪手拆開老街上的舊宅關節、為老街的百年歷史送終、老街彷彿仍想強拉過往繁華回頭……等陳述，自然是作者主觀懷想的移情，也是「擬人」手法的運用。作者更以百年老樹厚實的內在材質，終將被頹圮剝落的外在所掩蓋，隱喻了老街的深層內涵與獨特風貌，終將不敵在歲月的沖刷下不斷陳舊、衰朽的外在樣貌。同樣的，從作者認為老街蘊蓄深層的內涵且具有「唯我獨尊之獨特風貌」的形容，也足可窺見作者對老街遭受拆除的命運是抱有惋惜的。

　　進入第二個段落，作者將目光投注在造訪老街的訪客上：

　　　　延平老街熱鬧起來了，一批批訪客尋著媒體的腳步而來，一探臨終的老街，打破老街風燭殘年以來的蕭條與寂寞，迴光返照曾經十里洋場的風光歲月。遊客在老舊的街道逡巡，好奇窺探幽深巷道中的破落空屋與散落的磚瓦，有如參加百年人瑞的告

> 別式，沒有黯然神傷，卻欽佩老街難能可貴的長壽
> 哀榮，他們來不及參與老街的繁華歲月，在自己身
> 上也找不到老街的過去，只是傳播媒體娓娓訴說的
> ──這是古蹟。[15]

　　作者概括點出這些訪客的蒞臨，並非為了領略老街
的歷史風華，而是追步新聞媒體對整起抗爭事件的報
導，因而親臨事件中心，想一窺事件發生地的可能樣貌；
隨後更以「迴光返照」形容這些好奇的訪客人流為經已
落寞、蕭條的老街所帶來的熱鬧光景，同時，也將他們
的造訪比喻為是「參加百年人瑞的告別式」，並淡然點
出：這類訪客對老街的原貌正遭受破壞所抱有的心理是
「沒有黯然神傷，卻欽佩老街難能可貴的長壽哀榮」。
在此，作者未形諸筆墨的弦外之音應是：他們能肯定老
街是歷史悠久的存在，但並不介意老街自此走入歷史。
然而，文字中所蘊蓄的情緒仍是冷靜的，這也展現為作
者對這種心理反應的理解，只因為：「訪客」與「老街」
兩造間，原只是相互的「他者」，訪客未曾見證老街的
發展，老街也未曾參與訪客的生命。對訪客而言，老街
的意義，最重最重，也不過是媒體新聞中報導的「古蹟」
兩個字而已。

　　進入第三個段落，作者開始著墨老街上的生活情

---

15. 林美琴：《南臺灣文學作品集（四）：情人果》，頁104。

態，且若與第四個段落合觀，足見作者是有意識地要在
讀者眼前展示一番老街的今、昔對比。第三個段落先寫
真往昔：

> 老街蜿蜒曲折的紅磚道，掀起歷史的舞臺帷幕，
> 遙看昔日沒有汽車呼嘯的年代裡，馬車倥蹱倥蹱在
> 迤邐的街道搖晃來回；穿著小巧繡花鞋的閨秀拖曳
> 著長裙，步步蓮花；人與人擦肩經過狹窄街道，人
> 聲鼎沸，互相寒暄，這種人情的溫煦熱絡是美；片
> 片木板搭成的門面完全敞開，門楣上掛著「賜降禎
> 祥」的匾額，一眼望進老宅中，客廳中央的祖先神
> 龕是一家的主體，面朝街道，保佑全家子孫，也關
> 照過往行人平安順遂，這種虔誠與慈悲是美；鄰里
> 戶戶比鄰與相望，每戶的活動作息坦盪盪呈現在鄰
> 人眼前，彼此守望相助，呈現了與現代強調隱私權
> 與快節奏乖違的慵懶樸質，像一張舊時代的黑白照
> 片，沒有聲光的刺激，卻在歲月的流光餘影中流露
> 矜持高貴的典雅氣質。[16]

在此，作者以極凝歛的文字，概括示現了老街的五
種往昔之美，分別是：（一）在沒有汽車的年代裡，搖
晃來回於街上的馬車身影；（二）穿著繡花鞋與長裙，
在街上步步蓮花的閨秀身姿；（三）狹窄老街上，行人
彼此擦肩、問候寒暄的溫煦人情；（四）一戶戶老宅面

---

16. 林美琴：《南臺灣文學作品集（四）：情人果》，頁 104-105。

朝街道敞開門庭，神龕上的祖先、神靈彷彿不只庇護一家老小，連街上行人也一併護佑、關照的虔誠慈悲；（五）家家戶戶比鄰相望，彼此能守望相助的里仁之美。作者更將老街的往昔面貌比喻為「一張舊時代的黑白照片」，讚譽其具備矜持高貴的典雅氣質。作者對老街之往日風貌的嚮往與憐惜，可謂流露在字裡行間。

第四個段落則聚焦老街現狀，作者從幾個新事物入侵而舊事物退場的唏噓演變，示現出老街之原始風貌正不斷流失的困境：

> 老街不斷逝去的原味令人欷歔，一個年關除舊佈新的藉口，一座老宅被夷平了；一個古董商人前來，低價買走了居民視之如敝屣的古董傢俱；一條條粗大的電線桿架著四處交錯的電線在老街橫行霸道；一家家新式樓房在狹窄的空間裡往上求生，舊宅在高樓霸氣的龐大陰影覆蓋下終年不見陽光；而街上賣著麥芽糖膏和蜜餞的老式糕餅鋪中，紅豔翠綠黑亮的各色蜜餞也勾引不了走向麥當勞的人潮，留下老婦閒坐店口，昔日的生計已經成了現今生活的消遣，孤寂在歲月風化；一間間瓦斯行、新式傢俱店也攻入逐漸現代化的老街，老街早已瘖啞變奏，正在緩慢逝去。[17]

---

17. 林美琴：《南臺灣文學作品集（四）：情人果》，頁 105。

　　在作者的觀照下，老街原貌的流失分別表現為以下幾個面向：（一）越來越多的老宅被夷平；（二）越來越多的古董傢俱遭居民變賣；（三）越來越多的電線桿被建置於老街之上；（四）越來越多也越來越高的新式住宅被闢建在老街上；（五）傳統糕餅舖的生意，不敵麥當勞吸引人潮的買氣；（六）越來越多瓦斯行與新式傢俱店進駐現代化的老街。同樣的，從作者認為此種現況令人唏噓，並將此種現況描述為「老街早已瘖啞變奏，正在緩慢逝去」的評價，亦可窺見作者對老街往日風貌的留戀並惋惜其逝去。

　　延續第四個段落對老街現狀的關注，作者以第五、第六兩個段落，分別總結了文化界人士反對拓寬老街的關懷，以及老街居民堅持拓寬老街的考量，供讀者兩相對照。在作者的闡述下，文化界人士之反對老街拓寬，理由在於：

　　　　歷史上的今天，許多專家學者在傳播媒體上仲裁延平街的未來命運，娓述它過往的輝煌。他們說老街起始於明朝嘉靖年間，當時不過是不斷開發成街的無數平凡街道之一，但是隨著明、清、民國改朝換代，年高德劭的老街看遍人世的生老病死、時代的存亡絕續，留下歷史的見證……他們說安平是臺灣最早的部落，保存老街可以記錄歷史發展的紋

理；透過規劃建立文化專區，可以再現古聚落的風
貌，供子孫飲水思源。[18]

　　箇中可見，文化界人士乃是著眼於百年老街所乘載
的歷史價值與文化內涵，認為應透過「文化園區」的建
設，保留暨還原老街原生聚落的風貌，在現代時空中留
下一方標記老街歷史的地標，供現代人飲水思源；但緊
接著，作者即通過第六個段落的書寫，為讀者提供了屬
於老街在地居民的視野，代言了老街居民執意拓寬老街
的深層心聲，文章如此寫著：

　　　　延平老街夾在高樓大廈的縫隙中，像是一條小
　　巷弄，看似現代，實則古典，對於習慣以鋼筋水泥
　　和鐵窗撫慰危機意識的現代人而言，無法承受老舊
　　古屋隨時倒塌的危機，也害怕宵小歹徒輕易闖入的
　　恐慌，更不願別人看他們進入老舊古屋的卑微，他
　　們看著一棟棟高樓分割有限的天空，不停聽著反對
　　拆除舊宅老街的聲浪，而現實是殘酷的，老街不合
　　時宜，居民無法維生，只好摧毀老街悠閒養老的福
　　份，另尋謀生的出路。相對一般臺灣人民除了有錢
　　以外，什麼都窮的日子，這裡的居民沒有錢，卻也
　　無福消受他們擁有的豐富文化遺產，政府當局面對
　　早已失去原貌的老街，商議它為古蹟的存在性遲遲

---

18. 林美琴：《南臺灣文學作品集（四）：情人果》，頁106。

未決，對於討生活的老街居民而言，現實民生問題
擺在眼前，所有文化人眼中的寶貝卻遠不及一粒米
來得實在，老街的存廢爭議其來有自。[19]

　　從中可見，在作者筆下，老街居民意欲拓寬老街的
考量乃是：（一）老街舊宅歷時久遠，不拆毀重建，有
朽壞之虞；（二）舊宅非現代鋼筋水泥的建築，難以防
範宵小入侵；（三）固守陳舊而不與時俱進，對比老街
外的現代城市生態，老街居民生起卑微心理；（四）貿
易街市功能凋零、人潮不再，不推陳出新，在地居民謀
生困難。自然，從作者將老街居民的這種決議形容為是
「摧毀老街悠閒養老的福份，另尋謀生的出路」、「無
福消受他們擁有的豐富文化遺產」、「現實民生問題擺
在眼前，所有文化人眼中的寶貝卻遠不及一粒米來得實
在」云云，亦可見在作者的價值判斷中，文化界人士保
留老街原始風貌的倡議，應是作者心中較為肯定的一種
選擇。

　　第七個段落收結全文。作者收攝思緒，與文章首段
的書寫相呼應，重又回頭紀錄了眼前的老街實景：

　　　　夕陽餘暉中，走訪老街的人群依舊絡繹不絕，
　　老街如昔日過著它的平凡浮生。瓦斯行的老闆扛著

---

19. 林美琴：《南臺灣文學作品集（四）：情人果》，頁 106-107。

瓦斯，騎著摩托車正要出去送貨；新式洋樓中走出衣著入時的少婦；蛛網塵垢將幾戶老厝大門深掩，久已不食人間煙火；而愈來愈多的老宅癱成殘磚破瓦，只有幾戶還住人的老宅如昔日敞開大門，幾位老嫗坐在門口懶懶搖著竹扇，不解地看著突然喧鬧的人群；以往慘淡經營的唯一老式糖果糕餅店託遊客之福，生意又見好轉，也勾引起眼明手快的老街住戶因勢利導，開了同樣的「老店」與之競爭，趁機藉著老街的正字標記，謀取最後剩餘價值的利益，老街在新舊交替逆轉的尷尬中，如飽含智慧的耆老，無言凝視粗大電線桿及到處張貼的古傢俱買賣廣告，拆與不拆爭議的報紙輿論剪報、布條、標語在一向清悠的老街中喧嘩，殘磚破瓦中的綠色黃金葛藤冒出的新芽不斷蔓延，在這場非正式的告別式中，老街彷彿露出意味深遠的笑容，向來訪的遊客一一答禮致意。[20]

在作者舉目所及的視域裡，老街上有仍絡繹往來的訪客，有正扛著瓦斯要騎機車送貨的瓦斯行老闆，有從新式洋樓中走出的少婦。當然，也有依舊殘存的老宅——無論其門戶是敞開或關閉，有老宅拆除後的殘磚破瓦，有端坐門口搖扇的老嫗正看著熙來攘往的人群。顯然，在描繪這類眼前實景時，作者特意在同一個段落中

20. 林美琴：《南臺灣文學作品集（四）：情人果》，頁 107-108。

營造了新、舊事物並陳的文字格局,這自然吻合了延平老街在當下時空中的真實境況,因而易於牽起讀者對老街正置身新、舊交替之尷尬歷史處境的深層共感。其後作者筆鋒一轉,寫及老街住戶也因勢利導,紛紛開起標榜「老店」正字標記的店舖來牟利、營生,似乎提前預示了延平老街日後轉型為觀光老街——也就是如今人們所熟知的「安平老街」——的命運。在文章進入尾聲前,作者又以「飽含智慧的耆老」為喻,寫老街無言,只靜靜凝視著當下正發生在自己身上的新、舊事物遞嬗以及——因之而起的各種爭議、對抗,並默默接受自己的命運。筆法仍與首段相同,既是作者的主觀移情,也是老街「擬人」化的再次運用。最後,作者以殘磚破瓦中正有黃金葛藤的新芽不斷蔓生的景象為象徵,期許著百年老街經拆除、拓寬後可能帶來的轉型與再次崛起,筆觸雖平淡,卻極雋永且深具感染力;以「在這場非正式的告別式中,老街彷彿露出意味深遠的笑容,向來訪的遊客一一答禮致意」的沉思結尾,也為通篇文章在惋惜著老街舊貌正遭受破壞的較偏屬落寞、蒼涼的情緒色調上,添上了一抹豁達謝幕與隨遇而安似的較為正面且溫煦的色彩。

## 四、結語

綜觀〈老街紀事〉一文,作者的書寫層次井然,文

章首、尾皆採取對延平街當下實況的寫真,來造成文章前、後呼應的效果,中間則依次寫老街存在樣貌的今昔對比,以及在老街擴建爭議上「文化界觀點」與「在地居民觀點」的兩相對照,使通篇文字內具嚴謹的秩序,令讀者易於理解。屬於作者個人的價值取捨雖隱然寄寓在字裡行間,但作者在行文間盡力收斂己見,並未進行任何較直截的觀點宣說;同樣的,在情感的抒發上,作者的手勢也極委婉含蓄,通篇未見直白的情緒抒發或情感表達,僅僅通過凝斂、冷靜的文字,以對老街之相關現況及今昔歷史的描繪、說明,試圖引領讀者去認識延平老街的今、昔樣貌,也感染讀者去領略老街的存在內涵、思索老街的歷史命運,文章餘韻無窮,讀來引人深思;且依筆者所見,讀者閱讀該文,亦可從中觀摩地誌書寫作品所慣有的內容特徵,即:(一)對地域、地景的空間描寫;(二)對地域、地景的歷史梳理;(三)對地域、地景的現狀傳真;(四)對一特定地域、地景上之人情、風物的紹介;(五)對一特定地域、地景之特殊問題的反映與省思;(六)對地域、地景的總體感思,從而親身嘗試地誌文學的寫作。並且,因為該文對延平老街之拆除、拓寬歷史的紀錄與感懷,亦可引領讀者延伸思考到如下問題:

(一)在現代都市發展的事務推動中,關於老街存、廢的處理抉擇,一向是「都市更新」項目中難以避免的

執行難點，且就中通常會形成「在地居民 VS. 文化界人士」兩相對峙的抗衡格局。依在地居民的立場，通常著眼老街的舊有格局無法因應時代變遷暨現代生活型態的改變，且街屋的老舊易有朽壞、傾圮的危險，巷弄街距的狹窄也不利現代車輛通行（包含：火災發生時消防車無法順利進入），因而在地居民多主張拆除老街予以改建（可能是擴建，也可能是完全重建）；但與此同時，屬於非在地居民的人們，通常以文化界人士為首，則多著眼古舊建物所承載的歷史價值及文化內蘊，因而多主張將老街設定為「古蹟」，並據以闢建「文化園區」，以修繕、維護原貌的方式加以保存。然則，古厝、老街是否都非得保存呢？非得保存的理由或標準為何？又：若選擇修繕、維護一特定歷史空間的原貌，那麼，有什麼樣的思維，能有效改善在地居民的生活環境？反之，若選擇加以拆除、改建，是否有什麼做法，能盡可能保住相關歷史空間的原生風貌？

（二）近年來，由於臺灣社會教育普及，臺灣民眾的公民素質及文化素養較諸過往皆有顯著提升，在保存歷史與維護文物方面也相對地具有較強的自覺意識，因而在面臨相關爭議時，文化界人士的觀點經由新聞媒體的報導，乃至於新興社群網絡的哄傳、討論，通常在陷於爭議的兩方勢力間，較易取得社會輿論的認同與強力奧援，甚至成為一種政治正確。然而，這種抉擇此類問

題的思維定勢，對於一特定歷史空間（如：老街）中的
實際住民而言，是否即是公平的？倘若人們不是該歷史
空間中的實際住民，那麼，以歷史文化的保存為由，是
否真的具有阻卻在地居民追求居住空間之改善、提升的
道德正當性？

　　總之，〈老街紀事〉一文就文學創作的外部特徵而
言，具有鮮明的寫作策略且文字雋永、宜於詠讀；就內
部特徵而言，其關懷的對象是深具歷史意涵與文化內蘊
的特定歷史空間，所牽涉的議題，也就是：「古蹟」的
存、廢問題，亦是自過去、現在甚至是將來的臺灣公民
們，皆需共同面對及抉擇的社會發展課題。總的來說，
宜於向讀者推介，甚或面向廣大學子進行教授、賞讀，
一同抉發暨探討相關社會課題的可能答案，是一篇深具
文學美質且極富議題開拓空間的地誌文學佳作。

# 臺南作家作品集　全書目

## ● 第一輯

| | | | | |
|---|---|---|---|---|
| 1 | 我們 | • 黃吉川　著 | 100.12 | 180 元 |
| 2 | 莫有無 — 心情三印一 | • 白　聆　著 | 100.12 | 180 元 |
| 3 | 英雄淚 — 周定邦 | | | |
| | 　　布袋戲劇本集 | • 周定邦　著 | 100.12 | 240 元 |
| 4 | 春日地圖 | • 陳金順　著 | 100.12 | 180 元 |
| 5 | 葉笛及其現代詩研究 | • 郭倍甄　著 | 100.12 | 250 元 |
| 6 | 府城詩篇 | • 林宗源　著 | 100.12 | 180 元 |
| 7 | 走揣臺灣的記持 | • 藍淑貞　著 | 100.12 | 180 元 |

## ● 第二輯

| | | | | |
|---|---|---|---|---|
| 8 | 趙雲文選 | • 趙　雲　著 | 102.03 | 250 元 |
| | | • 陳昌明　主編 | | |
| 9 | 人猿之死 — 林佛兒 | | | |
| | 　　短篇小說選 | • 林佛兒　著 | 102.03 | 300 元 |
| 10 | 詩歌聲裡 | • 胡民祥　著 | 102.03 | 250 元 |
| 11 | 白髮記 | • 陳正雄　著 | 102.03 | 200 元 |
| 12 | 南鵲是我，我是南鵲 | • 謝孟宗　著 | 102.03 | 200 元 |
| 13 | 周嘯虹短篇小說選 | • 周嘯虹　著 | 102.03 | 200 元 |

臺南作家作品集 第十三輯(81)

# 向文字深邃處摘星
# —華語文學評論集

國家圖書館出版品
預行編目（CIP）資料

向文字深邃處摘星：華語文學評論集 /
顏銘俊著. -- 初版. -- 臺北市：羽翼實業
有限公司；臺南市：臺南市政府文化局,
2024.01　面；公分. --（臺南作家作品
集. 第13輯；81）
ISBN 978-626-97799-3-2(平裝)
1.CST: 新詩 2.CST: 詩評
863.51　　　　　　　　112015208

作　　　者｜顏銘俊
發　行　人｜謝仕淵
督　　　導｜陳修程 林韋旭 黃宏文 方敏華
編輯委員｜呂興昌 林巾力 陳昌明 廖淑芳 廖振富
主　　　編｜陳昌明
行　　　政｜陳雍杰 李中慧 陳瑩如

總　編　輯｜徐大授
編　　　輯｜陳姿穎 許程睿
封　　　面｜佐佐木千繪
設　　　計｜清創意設計整合工作室
排　　　版｜重啟有限公司

出　　　版
羽翼實業有限公司
地　　　址｜108009臺北市萬華區長沙街二段91號3樓之15
電　　　話｜02-23831363
臺南市政府文化局
地　　　址｜永華市政中心 708201臺南市安平區永華路2段6號13樓
　　　　　　民治市政中心 730210臺南市新營區中正路23號5樓
電　　　話｜06-6324453
網　　　址｜http://culture.tainan.gov.tw

印　　　刷｜合和印刷有限公司
經　銷　商｜大和書報圖書股份有限公司
出版日期｜2024年1月初版
定　　　價｜新臺幣300元
ISBN 978-626-97799-3-2　　　GPN 1011201252　　　文化局總號2023-720

展售處
• 中華民國政府出版品展售門市
　國家書店　104472臺北市松江路209號1樓 02-2518-0207
　五南文化廣場　400002臺中市中山路6號 04-2226-0330
• 臺南市政府文化局文創發展科
　700016臺南市中西區府前路1段195號（愛國婦人會館內）06-2149510